FANTASMES

Publié pour la première fois au Québec par les Éditions AdA Inc.

Conception de la couverture : Mathieu C. Dandurand.
Photo de la couverture : © Getty images.

ISBN : 978-2-84933-951-0

www.editions-tredaniel.com
info@guytredaniel.fr
www.facebook.com/tredanieleso
@contredires_romans

DOMINIC BELLAVANCE

FANTASMES

romance érotique

JADE

Éditions **CONTRE-DIRES**
19, rue Saint-Séverin
75005 Paris

Nous nous rencontrons maintes et maintes fois
sous mille déguisements sur les chemins de la vie.

— Carl Gustav Jung

CHAPITRE 1

Dès que mon boss rentre dans mon bureau, je me dépêche d'abaisser l'écran de mon MacBook. Samuel, qu'il s'appelle, serre les dents : la dernière fois que je l'ai vu dans un pareil état, c'était pour me parler de l'allocation de dépenses de nos artistes que j'avais « fait exploser comme si j'y avais fourré trois kilos de TNT », pour emprunter ses mots. Il devra comprendre que les comédiens de la trempe de notre écurie, ça se déplace en limousine, pas en taxi. Notre agence gère les meilleurs acteurs francophones qui se produisent à l'international. La longueur et le luxe des voitures qu'on utilise, ça envoie un message.

— Qu'est-ce que j'ai encooore fait ? lancé-je d'emblée pour me protéger.

Samuel referme la porte derrière lui, nous isolant du reste de l'étage. Deuxième mauvais signe.

— C'est pas toi, c'est Arnaud.

Arnaud Fontaine. Une grosse tête. Un de nos protégés les plus difficiles. Un grincheux de 65 ans coincé dans le corps d'un sex-symbol de 25 ans. Malgré tout ce qu'évoque son nom, j'essaie de garder mon naturel.

— Bon, alors, qu'est qu'il a fait, notre Arnaud ?

Samuel s'assoit sur la chaise devant mon bureau. Un rayon de soleil frappe sa main gauche et fait reluire son jonc de mariage flambant neuf. Un beau bijou. Une partie de moi ressent de l'envie, et pourtant… Me caser n'est pas dans mes plans, que ce soit à court ou moyen terme.

— Hier, il est allé voir une pièce de théâtre au Rideau Vert.

— Grosse nouvelle.

— Laisse-moi finir, Jade. Il est allé au Rideau Vert. Je sais pas quelle pièce, j'ai pas regardé la programmation. Après la représentation, il est allé rencontrer Jimmy Corneau dans les loges. C'était le metteur en scène ce soir-là. Il était sur place pour vérifier comment se passait la première. Ben imagine-toi qu'Arnaud et lui ont jasé une bonne demi-heure. Paraît qu'Arnaud… paraît qu'il envisage de lâcher le cinéma.

— QUOI ?! Arnaud ? C'est débile, il est au sommet ! Son dernier film est finaliste au Festival Lumières des Arts. Il part demain matin pour Paris.

— Je sais.

— C'est quoi son problème ? Il trouve qu'Hollywood, c'est pas assez ? On a jamais propulsé une carrière aussi loin que la sienne.

— Tu connais notre Arnaud. À la base, c'est un gars de théâtre.

Samuel joue avec son nouveau jonc. Sa main n'est pas encore habituée à le porter.

— Jimmy m'a appelé ce matin pour me raconter ça. C'est un bon type. Paraît qu'Arnaud voulait couvrir ses arrières au cas où il envisagerait un changement de carrière. Tu l'imagines ? Passer d'Hollywood aux petits théâtres de Montréal ? C'est quand même la dégringolade, on se le cachera pas. Et puis surtout, surtout…

Il relâche le jonc, l'air d'avoir pris conscience de son tic nerveux.

— … Arnaud, c'est notre plus grande star. S'il part, ça va être une catastrophe pour l'agence.

— Il a pas un contrat avec nous ?

— Ouais, ben, son contrat couvre uniquement ses rôles au cinéma. S'il veut revenir jouer à Roméo et Juliette à Montréal devant 200 spectateurs, c'est en dehors de notre juridiction. On peut pas l'obliger à rester dans le métier. Merde, Jade. Les finances sont serrées. On vient de louer des locaux neufs, j'ai engagé trois personnes prometteuses la semaine dernière. J'ai pas envie de les renvoyer chez eux. Déjà...

— Tu veux que je m'occupe d'aller parler à Arnaud ? C'est ça ?

Il hoche la tête en signe d'approbation.

— T'es meilleure que moi avec lui. Et puis t'es son ange gardien. Il le sait. Tu lui as booké les bons contrats, dont celui pour jouer dans *Les Saisons suspendues*. Si quelqu'un peut le remettre dans le droit chemin, c'est toi.

— J'ai son numéro de portable. Je peux l'appeler cet après-midi.

— Ça sera pas assez.

Prête à prendre en note ses directives, j'attrape mon carnet et mon stylo, lorsque je m'arrête, hésitante.

— Tu veux que je fasse quoi, alors ?

Honnêtement, j'ai un peu peur des mots qui vont sortir de la bouche de mon patron.

— Arnaud s'envole pour Paris demain. Il a dit à Jimmy qu'il veut pas manquer le Festival Lumières des Arts, que ça terminerait « bien » sa carrière. Ça signifie quoi, ça, tu penses ? Qu'il va faire une sortie publique une fois sur le podium pour annoncer sa retraite ? Au sommet de la gloire ? Je sais pas, mais ça reste inquiétant. Arnaud, on le connaît tous les deux. Il est plein de surprises.

— Et je ferais quoi dans cette histoire, moi ?

— J'aimerais que tu l'accompagnes.

— Quoi ?!

— Jade, Jade… T'en fais pas. Je me suis occupé de la logistique. Le festival est dans son agenda depuis longtemps. J'ai tout réservé. L'hôtel, les billets d'avion, le sien inclus… Et toutes les dépenses vont être payées par l'agence. Je sais qu'Arnaud et toi, vous avez pas toujours résonné sur la même note. Mais va falloir faire un effort.

— Arnaud est bon à l'écran, mais c'est un artiste fini dans l'âme. Il est insupportable. C'est écrit en grosses lettres dans mes dossiers.

— C'est pour ça qu'il a besoin de gens comme nous. Des gens qui vont le remettre sur la voie rapide, là où il doit être. Tu l'imagines revenir au théâtre ? Ici, à Montréal ? Après deux nominations aux Oscars et un film présenté aux Lumières des Arts ? Ça n'a pas de sens, son affaire.

Je connais la chanson. Pour Arnaud, le cirque hollywoodien a toujours été une connerie monumentale, pour ne pas dire un entubage géant qui ne sert qu'à faire couler des rivières d'argent dans les poches des producteurs de Los Angeles. Ce qu'il tarde à réaliser, c'est que l'argent coule aussi dans son propre compte en banque. Il doit avoir encaissé, quoi, dans les sept chiffres à l'heure actuelle ? Mais non. Hollywood, c'est pas du « vrai art ».

— Tu l'accompagnes au festival, tu le brosses dans le sens du poil, tu lui fais comprendre qu'en retournant au théâtre, il change de ligue. La télé, les interviews, les magazines, c'est fini.

Plus facile à dire qu'à faire. L'idée d'aller à Paris m'emballe. Celle de me mettre à genoux devant Arnaud pour le convaincre de continuer à tourner des *block-busters*, un peu moins.

— Tu penses être capable de faire ça pour nous ?

— T'es sûr que t'as pas un meilleur soldat pour ta mission ? T'as pas envie d'y aller ? T'as plus d'expérience que moi sur le terrain.

— C'est bien la première fois que je t'entends dire ça.

— Ça dure combien de temps, le festival ?

— Ça commence demain soir, le même jour que l'arrivée du vol – oui, je sais, ça laisse pas beaucoup de temps pour se préparer. Et ça se termine dimanche soir, à la remise des prix.

Je tourne mon regard vers mon calendrier mural, entièrement recouvert de marques au crayon fluo.

— Bref, trois jours avec Arnaud, conclus-je. Je viens de comprendre. Tu veux me tuer. C'est ça.

T'espères que je vais crever en Europe. T'apparais pas sur mon testament, juste au cas où tu t'imaginais des choses.

— Minute. C'est pas fini. Je veux que tu brosses Arnaud dans le sens du poil, mais je m'attends aussi à ce que tu t'arranges pour qu'il évite de faire des conneries. Moi, je pense encore à son avenir. Au festival, les caméras des journalistes vont être tournées vers lui. Tu le connais. Il est imprévisible. Les événements mondains, il déteste ça. Je veux que tu le suives partout et que tu gères ses crises. C'est une chose de vouloir le garder dans le milieu du cinéma. Mais s'il fait une connerie, s'il ruine sa réputation, ça nous avance pas tellement.

— Autre chose au menu, Capitaine ?

— Eh bien…

En quelques minutes, Samuel m'a assigné l'un des plus grands mandats jamais confiés à quiconque dans cette agence. Suivre Arnaud le fantasque partout. Le convaincre que le cinéma, c'est plus cool que le théâtre. Le chaperonner comme une mère envahissante. Et il voulait en rajouter une couche supplémentaire ?

— Je t'écoute.

— J'ai appris qu'Olivier Renard va être au festival. Il a aussi un film en nomination.

Olivier Renard. C'est loin d'être la première fois que son nom est évoqué dans notre boîte. C'est un acteur français fort prometteur et, surtout, un électron libre. Il apparaît dans nombre de productions européennes, mais pas encore à Hollywood. Et Hollywood, dans notre milieu, c'est l'El Dorado. Si on réussissait à mettre le grappin dessus et à l'accompagner aussi bien qu'Arnaud dans les méandres des grosses productions, on aurait une nouvelle vedette internationale dans notre écurie.

Je crois comprendre où Samuel veut en venir.

— Tu essaies de protéger tes arrières, c'est ça?

— Si on perd Arnaud, on pourrait au moins gagner Olivier. Le *best*, ce serait d'avoir les deux.

— Donc, j'ajoute « recruter Olivier Renard » à ma liste de tâches. Quoi d'autre?

— C'est tout.

— T'es sûr que tu veux pas que j'aille recruter Jean Dujardin, aussi?

— Arrête, Jade. T'es entièrement capable d'accomplir ces tâches. Arnaud est une tête de cochon, mais il va t'écouter. Tandis que pour Olivier... Regarde, ce gars-là a de l'ambition. Il a vu comment on a propulsé Arnaud au sommet. Il est peut-être Français, mais nous, on est en Amérique, et les contacts à Los Angeles, on les a. Il a jamais réussi à percer de notre côté de l'Atlantique. Pourquoi il te dirait non ?

— Je peux m'imaginer toutes sortes de raisons. As-tu d'autres surprises comme celles-là ?

Samuel se lève et reboutonne sa veste.

— Non, c'est tout.

— Tant mieux. Allez, une chance que j'avais rien prévu pour le week-end.

CHAPITRE 2

En attendant mon avion à l'aéroport Pierre-Elliott-Trudeau, et surtout Arnaud qui ne s'est toujours pas pointé – l'embarquement est dans une demi-heure –, je navigue dans mes applis de rencontre sur mon téléphone. Une manière de chasser la nervosité que je commence à ressentir à l'idée de manquer mon vol.

Parmi les choses que j'ai apprises au fil des mois sur ces plateformes, c'est que les femmes asiatiques comme moi connaissent un étrange de succès. Je matche avec un bon nombre de gars mignons, mais plusieurs d'entre eux veulent seulement satisfaire le fantasme ultra cliché de coucher avec une Orientale. Au début, je pouvais plaider coupable : j'en profitais et j'avais l'embarras du choix. Mes week-ends étaient occupés, et souvent bien joliment, mais j'ai fini par me lasser du manège. Je cherche désormais des expériences moins superficielles, plus authentiques, et, par le biais des applications de rencontre, c'est aussi difficile que trouver de l'or au Far West.

Et je ne parle même pas des cinglés qui s'imaginent que j'aime les dessins animés japonais, et qui n'ont aucun autre sujet de conversation… Premièrement, je suis chinoise, pas japonaise. Le nom « Jade Xinyue » devrait donner un indice – mes parents adoptifs tenaient mordicus à ce que je garde mon nom de famille de naissance.

De toute manière, je suis avant tout Québécoise. Au téléphone, personne ne ferait la différence.

J'exécute quelques « swipes » en regardant l'horloge d'un œil inquiet. Toujours aucune trace d'Arnaud dans les parages. Qu'est-ce que je fais, s'il refuse de se pointer ? Je monte dans l'avion et je m'envole seule vers Paris ?

Samuel m'a aussi donné le mandat de recruter Olivier Renard : ce serait difficile à accomplir en restant ici, au Québec. C'est bien possible que d'autres agences veuillent s'en approcher vu la nomination de son film au Festival Lumières des Arts. À bien y penser, Samuel voudrait que je prenne mon vol quand même, question d'accomplir cette partie de la mission.

En fait, qu'Arnaud oublie de venir m'arrangerait. Je n'aurais personne à chaperonner durant mon séjour à Paris. Et ce serait d'autant plus facile d'accoster Olivier sans craindre qu'Arnaud nuise à mes objectifs avec ses frasques habituelles. Mon boss serait en rogne contre Arnaud, pas contre moi. C'est hors de mon contrôle.

Je continue de naviguer sur mon appli de rencontre quand mon appareil se met à vibrer : sur l'écran apparaît l'image flamboyante de Fanny, ma sœur aînée, que j'ai photographiée le foulard au cou alors que nous visitions Londres il y a deux ans.

Une image douce-amère, qui date de l'époque où on arrivait à s'entendre, toutes les deux.

— Allô ? Fanny ?

— Jade ? T'es où ? On est chez le notaire et on t'attend depuis 20 minutes.

Une décharge d'adrénaline me traverse le corps. Je me passe une main dans les cheveux. Merde. Le notaire. Fanny m'en avait parlé la semaine dernière, mais j'ai complètement oublié le rendez-vous.

— Désolé, j'ai un empêchement de dernière minute. Je suis à l'aéroport. Mon vol va bientôt partir.

Petit moment de silence à l'autre bout du fil.

— Encore en train de profiter de l'argent de papa et maman, à ce que je vois…

— Quoi ? Non ! C'est pour le travail.

— Ben oui. Le travail. En tout cas, on a relu le testament à quatre. Élie, Math et Fred ont trouvé des trucs bizarres là-dedans. Moi aussi. Le notaire va s'y pencher et vérifier chaque virgule. Comme tu refuses de te pointer, on va commencer la consultation sans toi.

— Vous lâchez pas le morceau, hein ?

— Putain, Jade, tu reçois la moitié de l'héritage de papa et maman. Nous, on est quatre, et t'es même pas l'enfant biologique de…

Des protestations surgissent en arrière-fond, ce qui a obligé Fanny à interrompre son coup de gueule. Je sens mon visage s'empourprer. En évoquant mon statut d'enfant adoptif, Fanny s'avance sur un terrain dangereux.

— Continue, dis-je avec gravité. Je suis pas l'enfant biologique de… ?

— Laisse faire. Écoute. C'est ta dernière chance de renoncer à ton héritage démesuré. C'est injuste. Dis-le au notaire. Dis-lui que tu veux diviser la tarte en cinq parties égales. Il est à côté de moi. Tu peux lui parler, là, maintenant, et réparer les pots cassés.

Fanny s'imagine quoi ? Qu'après m'avoir ainsi insultée, je lui abandonnerais la part que papa et maman *m'ont* confiée personnellement ? Si nos parents souhaitaient répartir leur héritage en cinq parts égales, ils l'auraient mentionné noir sur blanc dans leur testament. Au contraire, ils ont clairement spécifié le montant auquel j'avais droit. Et je compte bien faire respecter leur volonté.

— Vous avez tous des jobs à 100 000 dollars. T'es dentiste, Fanny. T'as pas besoin de cet argent-là.

— Et toi, t'es agente d'artistes.

— J'ai pas un sou de côté, tu le sais. Ma paye varie chaque semaine. T'as pas compris ça encore? C'est pour ça que papa et maman m'ont laissé plus d'argent. Ils voulaient m'aider. Vous quatre, vous avez des maisons à deux garages, le chien, des voitures de marque. Vous êtes riches comme Crésus.

— S'ils t'ont laissé plus d'argent, c'est parce que tu dépenses comme une conne. Papa et maman le savaient. Tu te payes du luxe, mais t'as pas les moyens. Ils voulaient t'aider, mais en faisant ça, ils nous ont pénalisés, nous. On a pas à payer parce que t'as jamais été capable de gérer un budget.

D'autres protestations fusent en arrière-plan. Fanny est la plus combative de la famille, c'est pourquoi elle s'est portée volontaire, encore aujourd'hui, pour saisir le téléphone et m'appeler. Elle ne va reculer devant rien. Maudite tête de cochon…

— C'est pas normal qu'on se fasse récompenser avec des peanuts. On a mené des vies exemplaires, nous.

— As-tu fini, là ?

— On va fouiller dans les papiers d'adoption. Si on peut s'arranger pour que t'aies rien, t'auras rien.

Elle me raccroche au nez.

J'ai juste envie de prendre mon téléphone et de le lancer à bout de bras. Comment c'est possible qu'une relation aussi harmonieuse ait dérapé aussi vite ? Je me suis toujours entendue à merveille avec mes frères et sœurs. Du plus loin que je me souvienne, aucun d'entre eux n'a jamais osé me balancer au visage la carte de l'adoption, surtout pas pour me faire sentir inférieure. Je ne suis pas une étrangère dans cette famille-là. J'ai grandi, joué, été à l'école avec tout ce monde-là. Voyons donc !!

Tout ça pour une question d'argent. Alors qu'ils sont tous à l'aise.

Je pourrais obéir à Fanny. Partager ma part d'héritage avec les autres pour faire cinq belles petites parts de tarte qui pèsent la même chose au gramme près. Mais ça me laisserait où, au bout du compte ? Cet argent, ils n'en ont pas besoin. Moi, oui. Si cette dispute peut servir à une chose, c'est à révéler le vrai visage d'une famille que je croyais aimante. Ça signifie que toute leur vie, mes frères et sœurs m'ont considérée comme une « adoptée ». Une étrangère. Une inférieure. Et ça, c'est la meilleure raison pour refuser de me mettre à genoux devant eux.

Bon, ça y est, j'ai les yeux pleins de larmes. J'essaie de les essuyer avec un mouchoir avant que mon mascara fonde sur mes joues. Mon cœur bat dans mes tempes, j'ai juste envie de me rouler dans un coin et de chialer sur ma vie, mais je m'efforce de garder ma contenance ; je suis quand même dans un aéroport, entourée d'inconnus. Et surtout, je suis seule. Mes frères et sœurs sont en couple. Ils ont quelqu'un pour les consoler. Moi, j'ai appris à m'arranger.

Au-dessus de moi, l'interphone lance :

« Ceci est un dernier appel pour les passagers à destination de Paris sur le vol 529. Veuillez vous rendre immédiatement à la porte A4, car l'avion se prépare au décollage. Nous vous rappelons d'avoir vos documents de voyage valides et vos cartes d'embarquement prêtes pour le contrôle. Merci. »

Je vérifie que mon passeport se trouve encore dans ma sacoche, comme si je craignais qu'il puisse disparaître comme par enchantement. Mes mains tremblent, je suis en furie et, évidemment, mon sac me glisse d'entre les doigts et répand une rivière de maquillage, tampons, mouchoirs, monnaie et, bien entendu, parmi le lot, mon passeport et ma paire de billets d'avion.

Je me penche pour tout ramasser. Mes yeux échappent des larmes tandis que je recueille mes effets personnels. J'espère que personne ne me voit.

Des pas se rapprochent. Deux pieds chaussés d'espadrilles entrent dans mon champ de vision, et s'arrêtent devant moi.

Je regarde vers le haut, en reniflant. Arnaud Fontaine pose ses yeux perçants sur moi. Sa tête n'a pas vu un peigne depuis la matinée, sauf que ses cheveux en cascade, qui descendent au bas de sa mâchoire ciselée, lui ont toujours donné un air énigmatique. Sans son attitude « artiste jusqu'à la moelle », ce gars-là me plairait peut-être.

— Ils vont te facturer un supplément pour la cargaison que tu transportes là-dedans.

— Peux-tu m'aider, au lieu de dire des bêtises ?

Il se penche, ramasse mon passeport qui traîne à ses pieds, se met à le feuilleter sans mon consentement, en s'étonnant de voir chaque estampille à l'intérieur.

— C'était comment, la Corée ? J'espère que t'as choisi d'aller au Sud, parce qu'au Nord…

— Donne-moi ça.

Je lui arrache le document des mains.

— T'avais pas envie d'arriver plus tôt, Arnaud ?

Il hausse les épaules.

— Mon père était du genre à rentrer à l'aéroport trois heures avant ses vols. J'ai choisi d'éviter de marcher dans ses traces.

— C'est correct, j'avais compris que t'étais plus du genre à courir sur la piste de décollage pour rattraper ton avion.

Il me tend la main, que j'agrippe, bien à contrecœur. Puis, il m'aide à me remettre debout.

— Alors, l'agence m'envoie une gardienne, hein ?

— On s'était dit que tu t'ennuierais, à boire du vin tout seul sur une terrasse de Paris.

— Je me débrouille très bien en solo, merci beaucoup.

Il a un mélange d'accent québécois et français. Comme moi, il est originaire d'un autre pays, sauf que lui, il a grandi avec des parents biologiques qui ont déménagé au Québec alors qu'Arnaud entrait au secondaire.

On se place gentiment dans la file d'embarquements, passeports en main.

— Nouvelle teinture ? dit-il en observant mes cheveux orange, qui descendent sur mes épaules en se terminant par un dégradé tournant au blond.

Arnaud n'est pas censé savoir la vraie raison pour laquelle je l'accompagne, soit le convaincre d'abandonner l'idée de retourner au théâtre. Il ignore d'autant plus ma seconde mission qui consiste à recruter Olivier Renard. Mon patron lui a simplement mentionné que je voulais assister au festival pour connaître les dernières tendances dans le cinéma européen, et, oui, peut-être pour surveiller un peu notre acteur vedette. Arnaud est conscient de ses travers. Il ne les a jamais cachés à personne.

Il va falloir que j'use de tact pour mettre le sujet du théâtre sur la table et, surtout, je devrai attendre le bon moment. Il n'est certainement pas prêt, et moi non plus. L'alcool va m'être utile.

Tant mieux, parce qu'à Paris, ça coule à flots.

— Ça fait un an que je les teins comme ça, monsieur le fin observateur. Je suis d'ailleurs bonne pour refaire ma couleur.

Fin observateur, ça oui. Il n'a même pas remarqué que je viens de passer à deux doigts d'éclater en larmes en public. Mes effets personnels éparpillés aux quatre points cardinaux n'étaient pas un indice ? Je dois être rouge tomate. J'ose à peine imaginer l'état de mon maquillage. Mais Arnaud est tellement centré sur lui-même que mes problèmes doivent lui passer 1 000 mètres au-dessus de la tête. Il en a seulement pour sa gueule. Et c'est pourquoi il prévoit nous larguer.

— J'espère que l'agence m'a payé un ticket de première classe, dit-il, avec un demi-sourire. Je voudrais pas respirer le même air que la plèbe.

Son sarcasme me remplit déjà d'enthousiasme.

CHAPITRE 3

J'ai prétexté vouloir m'asseoir près de l'allée centrale pour combattre le mal de l'air. Cette tactique m'a permis de placer un parfait inconnu entre Arnaud et moi pour le reste du voyage. La solution parfaite pour éviter de subir les flambées caractérielles de mon cher client.

Arnaud a passé la majeure partie du vol à lire un roman d'un auteur au nom imprononçable, où les personnages doivent juste chialer et attendre que la mort les frappe. Moi, en plus des siestes, j'ai jeté mon dévolu sur mes épisodes préférés de *The Office*. Pas mal et plus divertissant. Surtout quand arrive le mariage de Pam et Jim.

Lorsque les roues de l'avion touchent la piste d'atterrissage cinq heures plus tard, la nuit est tombée sur Paris. Nous traversons les douanes, puis embarquons au pas de course dans le RER en direction du centre-ville. Samuel nous a réservé des chambres à l'Hôtel des Seigneuries, un cinq étoiles de luxe qui ferait de belles dépenses à déduire sur la déclaration de revenus de notre agence, en fin d'année fiscale. J'espère arriver là-bas le plus tôt possible : on a un cocktail en soirée, et peu de temps pour s'y préparer.

L'uppercut du décalage horaire va faire mal.

Le taxi nous dépose sous l'auvent de l'établissement dont la façade témoigne du raffinement architectural de la Renaissance. Un valet nous ouvre la porte, et Arnaud place un billet de cinq euros dans la main du jeune homme. Non, mais... cinq euros pour tirer une poignée, ça fait cher de l'heure.

Je me rue vers le comptoir d'accueil et je demande les réservations au nom de l'Agence Lévesque & Bouthillier.

— Vous venez pour le Festival Lumières des Arts, madame ?

— Oui, dis-je en sentant une parcelle d'excitation regagner mon corps. Ça va être ma troisième fois. Avez-vous regardé les films qui sont finalistes ? Ceux qui sont sortis, je veux dire.

— Pas encore, mais je vais surveiller les nouvelles.

— En tout cas. Si vous voulez voir *quelque chose*, allez à la première de *Les Saisons suspendues* qui va être présentée demain après-midi. Vous voyez le gars derrière moi ? C'est Arnaud Fontaine. Il joue le premier rôle.

La réceptionniste jette un coup d'œil par-dessus mon épaule, visiblement étonnée d'avoir cette vedette dans son champ de vision.

— Oh ! C'est quel genre de film ?

— Un drame historico-fantastique de retour aux sources. Sarah Melville et John McDowell jouent des rôles secondaires. Le réalisateur est le même que pour *Seize jupons au crépuscule*.

Impossible d'en dire plus, comme je n'ai pas visionné le film. Distribué seulement au jury, il est toujours sous embargo. Je vais le découvrir en même temps que le reste de la population.

— Intéressant.

Elle fait glisser une carte magnétique sur le comptoir.

— Voici pour vous, madame. Chambre 608.

Mes yeux descendent sur la carte. Je la saisis et j'attends la suite.

Au bout d'un moment, l'employé de la réception se questionne :

— Je peux faire quelque chose d'autre pour vous ?

— Il me faudrait la clé de la deuxième chambre, dis-je avec un faux sourire.

— Laissez-moi vérifier.

Elle pianote sur le clavier de son ordinateur. Ses yeux lisent quelques lignes de texte.

— Rappelez-moi le nom de votre agence?

— Lévesque & Bouthillier.

Elle tape encore.

— J'ai seulement une chambre réservée à ce nom.

— Non, ce n'est pas possible

— Je suis désolée, madame.

Je lui demande aussitôt de regarder une deuxième fois dans son système. Comme je me bute à la même réponse, je réclame une explication de la part de son supérieur. Impossible que Samuel ait loué une seule et unique chambre pour moi et un client, il n'est pas imbécile à ce point.

Derrière, Arnaud a trouvé le moyen de s'entourer d'un petit troupeau d'admiratrices qui l'ont reconnu: des jeunes Françaises qui pépient d'admiration pour l'acteur en sautillant sur le bout de leurs talons hauts. Tout en gardant sa valise proche de ses jambes, Arnaud sort un crayon et appose sa signature dans des carnets, sur des bras, et même à la frontière d'un décolleté. La grande classe.

Le gérant arrive. Il vérifie les réservations dans l'ordinateur pour constater que son employée disait vrai, bien qu'il soit d'accord pour admettre qu'une erreur est possible. Il me demande, avec une politesse digne d'un sujet de Louis XIV, de joindre mon agence pour voir ce qui a été réservé exactement.

Furieuse, je dégaine mon portable et j'appelle Samuel sans même me poser la moindre question sur l'heure qu'il est au Québec, ni sur les éventuels frais d'interurbains. Mon patron répond après deux sonneries.

— Dis-moi que tu as loué deux chambres d'hôtel, Sam. Dis-le-moi.

— Ouais, euh, je voulais t'en parler. On s'est occupés de la chambre d'Arnaud après sa nomination, le mois dernier. Quand on t'a ajoutée au voyage, j'ai fait des appels, mais tout était plein partout. Le Festival Lumières des Arts est pas mal couru.

— Putain, Sam. T'avais pas envie de m'avertir *avant* ?

— Aurais-tu pris l'avion si je t'avais avertie ?

Furieuse, je raccroche et reviens au comptoir avec un sourire plus large que celui du bonhomme Kool-Aid.

— On va prendre la chambre, merci.

La préposée accepte de me faire un double de la carte. Je murmure un juron pour moi-même tandis que j'arrache mon acteur à son harem en le tirant par le poignet.

Dans l'ascenseur, un silence malaisant s'installe. Ne voulant pas cacher la surprise plus longtemps, j'annonce la mauvaise nouvelle à Arnaud :

— On a juste une chambre, à ce qu'il paraît.

— Splendide.

— J'espère qu'il y a deux lits.

Il me lance un sourire qui se voudrait séducteur.

— En effet, dit-il. Je te vois mal sur un canapé.

Je retiens un « va chier » et me rabats sur un grand soupir : je veux qu'il comprenne le message. Je suis pas d'humeur pour ces niaiseries. Je sens le décalage horaire arriver ; la soirée va être longue.

Sixième étage. Nous sortons en faisant rouler nos valises sur un tapis immaculé, dans un couloir décoré de boiseries et de luminaires princiers. Chambre 608. Dès que je passe ma carte sur le lecteur, un voyant vert m'indique que la porte est déverrouillée.

À l'intérieur, on ne trouve qu'un seul lit *king size*.

CHAPITRE 4

La salle de bains contient seulement trois serviettes : je descends en chercher cinq autres à la réception. Bien roulés, ces morceaux de tissus servent à tracer une belle muraille de textiles entre moi et mon client, dans l'unique lit de la chambre. Car, bien sûr, il n'y a aucun canapé. Je passe quelques minutes dans la salle de bains à retoucher mon maquillage : j'ai évidemment pu corriger mon mascara à l'aéroport, à l'aide de mon fidèle miroir de poche, mais pour me refaire une façade digne de ce nom, j'ai besoin d'un éclairage professionnel.

Arnaud, lui, étendu dans le lit avec désinvolture, les jambes croisées, navigue sur son téléphone.

— Ce soir, tu viens au cocktail d'inauguration, lui dis-je, rouge à lèvres en main. C'est pas discutable.

— Ah ! Ça me gonfle, ces trucs-là. Tu le sais.

— Ton film est finaliste, Arnaud. Si t'es absent, on va le remarquer.

Voilà. J'ai tendu une première perche. S'il l'attrape, il pourra peut-être m'amener sur le sujet de sa future migration vers le monde du théâtre. Et moi, je pourrai le convaincre des bénéfices de rester au cinéma. Je n'ai pas le choix d'utiliser des moyens détournés pour diriger la conversation vers mon objectif ; sinon, il va suspecter quelque chose, et ça le mettra sur la défensive. L'agence n'est censée rien savoir de toute cette histoire. Arnaud a seulement partagé ses intentions avec un metteur en scène.

— J'ai dit que ça me gonfle, mais je vais y aller quand même. T'as fini, dans la salle de bains ? Ils te payeront pas si tu refais les comptoirs.

— J'en ai encore pour cinq minutes.

— T'es sûr qu'il y a aucune chambre libre dans les parages ?

— Pas selon Samuel. Et j'ai cherché sur Booking, sur Expedia, Trivago. Crois-moi. Y a rien dans le coin, à moins que tu veuilles coucher en banlieue.

Voilà. Rouge à lèvres terminé. Je rafraîchis une dernière fois mon fond de teint, puis j'ajuste les bretelles de ma robe vert forêt. J'y suis allée dans la sobriété, rien de bien extravagant, à part peut-être pour les escarpins à talons hauts Louboutin. Il ne faudrait pas exagérer : après tout, je suis une agente, pas une actrice.

Évidemment, je vais profiter de l'événement pour essayer d'aborder Olivier Renard, et peut-être même lui faire une offre. J'espère qu'il sera sur place, sinon la soirée risque d'être longue.

Je reviens dans la chambre. Arnaud est maintenant en maillot de corps, penché au-dessus de sa valise, en me donnant sans le vouloir une vue sur son postérieur bien galbé par sa paire de jeans serrés. Vue qui, je dois l'avouer, n'est pas désagréable. Les acteurs qui performent à Hollywood doivent garder la forme pour demeurer dans les bonnes grâces des producteurs, et Arnaud, malgré ses envies de retourner sur les planches, n'a pas ralenti ses efforts de musculation. Ce gars-là n'est pas aussi large que les vedettes qui figurent dans les *blockbusters* d'action, mais ses épaules sont musclées et ses bras laissent paraître un joli réseau de veines saillantes.

On m'a raconté qu'il a tourné une scène plutôt sulfureuse dans *Les Saisons suspendues*. Je mentirais si je prétendais ne pas être curieuse d'en voir les couleurs sur écran géant.

— La place est à toi.

Arnaud soulève quelques morceaux de vêtements et va s'enfermer dans la salle de bains. J'entends le claquement métallique de sa ceinture et son jean qui tombent sur le plancher, tandis que moi, tournée vers la fenêtre qui me présente un panorama du vieux Paris, j'essaie de m'imaginer la scène qu'Arnaud a jouée avec Sarah Melville. Cette actrice, avec qui il partage les rôles principaux du film *Les Saisons suspendues*, est une blonde dans la fleur de l'âge avec des yeux bleus ornés de cils magnifiques : un simple battement de paupières obligerait n'importe quel homme à s'agenouiller devant elle. Lèvres charnues, silhouette découpée au couteau, toute sa personne respire la perfection. L'agence a frappé dans le mille en permettant à Arnaud de côtoyer cette superstar. La notoriété de Sarah va déteindre sur lui, c'est sûr.

Que ce doit être étrange, de tourner une séquence érotique devant un réalisateur, un perchiste, des caméramans… Tout le monde doit s'être déjà posé la question. Je ne fais pas exception.

Arnaud attire les contrats pour des films de cet acabit depuis le début de sa collaboration avec l'agence. La moitié de ses productions comportent des scènes allant de « moyennement osées » jusqu'à « ouf, il fait chaud ici ». Mais il paraît que *Les Saisons suspendues* atteint des niveaux rarement égalés dans le cinéma américain. Impossible que ce soit de la pornographie, sinon le prestigieux festival n'aurait jamais retenu ce film. Mais quand même… Le milieu s'attend à de la controverse.

Et la controverse, c'est bon pour la business.

Dire que le théâtre va venir gâcher ce beau travail.

La porte de la salle de bains s'ouvre, et Arnaud en ressort, encore une fois, avec un stupide complet orné d'un stupide nœud papillon rose. Je m'y attendais. Chaque fois qu'Arnaud doit participer à des activités mondaines, il en met toujours une couche de trop. Il veut attirer l'attention. Il veut choquer, montrer aux yeux de tous qu'il refuse d'appartenir à l'univers du prestige.

— T'es sérieux ?

— T'aimes pas la couleur du nœud papillon ? me répond Arnaud. J'en ai un à rayures, si tu préfères.

— Ah ! Laisse tomber. Viens, ça commence dans une demi-heure. Faut partir.

CHAPITRE 5

Le cocktail d'inauguration se tient en grande pompe aux Voûtes Saint-Germain, une immense salle tapissée de velours immaculé. On retrouve chaque ingrédient pour souligner le luxe des lieux : des peintures baroques, des balcons garnis de dorures, des fenêtres qui s'élèvent jusqu'au plafond. Éclatantes dans la nuit, les lumières de Paris se déversent dans l'immense pièce par toutes ces ouvertures. Un orchestre à cordes répand une ambiance feutrée à travers les invités, où les hommes sont habillés comme des princes, et où les femmes se pavanent dans leurs plus belles robes. Ce qu'il peut y avoir du fric dans le milieu du cinéma, c'est fou. Acteurs, réalisateurs et producteurs se côtoient en sirotant des verres de vin, et ça ne doit pas être de la piquette, ça, madame. Oh non !

Dès qu'on entre, Arnaud reconnaît des membres de son équipe de tournage, il les salue et accélère le pas dans leur direction : je peine à le suivre avec mes talons hauts. À mon arrivée, il me présente à son réalisateur, un homme dont la poignée de main passe à deux doigts de me broyer les phalanges. J'ai longuement discuté avec lui au téléphone, mais c'est la première fois que je le rencontre en chair et en os. J'échange quelques mots avec lui, je le félicite pour la nomination de son film, et il me loue les mérites d'Arnaud qui est, selon son « humble opinion », l'un des meilleurs acteurs qu'il ait jamais eu la chance de diriger. J'ai personnellement un peu de mal à croire à ces éloges pompeux, mais je m'occupe de sourire et d'approuver.

À la fin de cette courte conversation, mes yeux vagabondent. Je bois une gorgée de vin qui me fait voyager à travers un arc-en-ciel de saveurs. *Wow* ! Je m'y connais peu dans le domaine ; un vrai amateur parlerait sûrement de « bouquet délicat » ou d'« arômes fruités ». Peu importe le vocabulaire, je savoure chaque goutte de ce nectar.

Je scrute les lieux, telle une prédatrice à la recherche d'une proie. Il me suffit d'une seule minute pour repérer, à l'autre bout de la salle, l'homme que je recherche : Olivier Renard.

Je suis aussitôt frappée par son élégance. Cet homme est à des années-lumière d'Arnaud et de ses lubies vestimentaires. Pour la soirée, il a opté pour un complet blanc assorti avec une cravate noire, tous deux d'une marque de prestige sans l'ombre d'un doute.

Lui, il sait s'habiller. Lui, il attire l'attention pour les bonnes raisons. Olivier a toute la physionomie d'un gentleman : la pose droite, des cheveux blonds arrangés avec une minutie chirurgicale et un sourire capable de percer l'écran chaque fois qu'il apparaît dans un long-métrage français. Étonnant, quand même, qu'Hollywood ne lui ait jamais mis le grappin dessus. Pour une fois, je partage l'opinion de mon patron : ce type représente un énorme potentiel à exploiter.

Je le regarde butiner d'un convive à l'autre en serrant des mains. Sa bonne humeur est contagieuse. Chaque personne qu'il rencontre s'ouvre comme un bouton de fleurs. Et j'ai soudainement envie de me faire enrober par son aura.

— Tu m'excuses, Arnaud ? Faut que j'aille parler à quelqu'un.

— T'es une femme libre, ma chère.

Il ne m'a même pas regardée en énonçant sa réponse. Ça en dit long sur l'importance qu'il m'accorde.

Je recule et traverse la marée d'invités. Tout en m'approchant discrètement d'Olivier Renard, je garde un regard aguicheur fixé sur lui, combiné avec une attitude déterminée. Dans le monde du business, il faut séduire dès les premières secondes. C'est la clé qui mène au succès.

Olivier participe à une conversation un peu chaotique à six personnes, ce qui me permet de le tirer hors du troupeau facilement.

— Monsieur Renard.

L'acteur français, âgé de la mi-trentaine, me retourne le même regard pétillant, avec un petit sourire en coin. Il serre la main que je lui présente, en gardant un contact visuel constant qui m'électrifie. Aucun de mes doigts n'est broyé dans cette main vigoureuse. Il sait faire attention.

— On se connaît ?

— Jade Xinyue, de l'Agence Lévesque & Bouthillier.

Aussitôt, il délaisse ses anciens partenaires de conversation. Tout son intérêt se tourne vers moi. Le mot « agence » n'est pas tombé dans l'oreille d'un sourd. Si je suis la première à le courtiser sur le plan professionnel durant le festival, je peux m'avouer chanceuse.

Je ramène ma main vers moi, écarte une mèche rebelle.

— Félicitations pour la nomination de votre film. J'ai très hâte de voir *La Quittance des corbeaux* demain.

— C'est fort aimable, ma chère Jade. Votre verre est vide. Attendez-moi un instant.

Il le saisit et se rapproche d'un serveur pour l'échanger contre un rempli de rouge. Il revient ensuite à mes côtés avec ce même sourire énigmatique.

— J'ai demandé au garçon. On nous propose un Château Margaux, récolte 2000. Un des meilleurs millésimes, si vous voulez mon avis. Vous y trouverez des arômes subtils de cassis et de violette. Le directeur nous choie.

Je savais que le jargon du vin ne tarderait pas à me tomber dessus. On est à Paris ou on ne l'est pas. Je goûte mon verre, comme pour répondre à sa chronique d'expert œnologue, et ne détecte aucun des arômes mentionnés, même si je continue de croire que j'ai un sacré bon produit entre les mains. J'espère juste ne pas avoir les dents noires.

— Vous êtes un fin sommelier, monsieur Renard.

— J'entreprends des travaux de rénovation dans mon cellier. Tout espace a ses limites. Je prévois d'y installer un petit salon, ce sera le cœur du sanctuaire. L'effet de boire de grands crus, bien assis, entouré de pièces de collection dénichées à travers le monde, nous donne un sentiment de…

Il hume l'air, soulevant son verre, laissant sa phrase en suspens.

Bon sang que j'aime sa manière de s'exprimer, son raffinement. Pourquoi ces hommes-là sont-ils complètement absents des applis de rencontre, au Québec ? En allant à la pêche sur Tinder, je n'arrive qu'à récolter des « salut sa va ma belle té de quel coin », bref, des gars pour qui l'apprentissage du vocabulaire s'est interrompu à la sixième.

— J'ai beaucoup entendu parler de votre agence. En bien, évidemment. Impressionnant, ce que vous êtes parvenu à faire avec Arnaud Fontaine.

— Personne ne peut lui résister.

— À part moi, on dirait.

Je sens qu'il est déjà prêt à discuter business. Rapide, quand même. Il doit chercher une agence activement. À voir son attitude, il avait peut-être un œil sur Lévesque & Bouthillier depuis les nominations au Festival Lumières des Arts. Après tout, on a réussi à propulser la carrière d'Arnaud dans la stratosphère en moins de cinq ans. Ce genre de performance crée des envieux.

J'ouvre la bouche pour commencer à vanter nos meilleurs succès, quand je suis soudainement interrompue :

— Jaaaaade ? C'est toi ?

Je me retourne, irritée jusqu'à la moelle. Impossible pour moi d'oublier cette voix.

À quelques pas de moi se tient Chloé Beaudet, une fille avec qui j'ai passé une partie de mes études. On suivait des cours de chant avec monsieur Dion toutes les deux. Chloé était la chouchoute. Ses yeux perçants et ses longs cheveux noirs ont un effet sans pareil chez les hommes de tous âges. Je l'ai constaté à plusieurs reprises. Dont une, à mes dépens.

Elle vient me faire la bise. Je fais semblant d'être heureuse de la voir.

— Chloé ! Quelle surprise ! Qu'est-ce que tu…

Elle s'accroche aussitôt au bras d'Olivier, dans une manifestation évidente de possessivité.

— J'accompagne mon amour. J'ai tellement hâte de voir son film demain !

— Vous vous connaissez ? demande Olivier. J'avais deviné que vous étiez canadienne, Jade, mais jamais je n'aurais osé insinuer que vous et Chloé étiez amies… Quel drôle de hasard.

Pas tant un hasard, non. Chloé et moi, on avait les mêmes ambitions autrefois. On voulait percer dans le monde du show-business, dans le domaine du chant. Madame utilisait sans gêne toutes les armes à sa disposition pour obtenir ce qu'elle désirait – les regards, les sous-entendus, voire carrément les gestes ou les avances qui justifient pourquoi les codes de déontologie existent –, alors que moi, j'ai choisi de miser sur mon talent. Monsieur Dion arrivait dans ses cours décoiffé presque chaque jour à la fin de notre dernière session, et je connais la responsable. Compréhensible que Chloé soit passée la première dans toutes les épreuves de qualification pour les compétitions nationales. J'étais éliminée avant même d'avoir commencé.

À l'époque, j'étais trop naïve. Maintenant, je sais comment on joue.

Depuis, je suis passée de la scène aux coulisses. Les artistes, je les gère. J'ai du talent pour ce rôle. J'amène de l'argent dans le compte de l'agence, en particulier avec des coups de circuit comme Arnaud. Mais j'aurais peut-être pu réussir en chanson si Chloé n'avait pas saboté mes chances.

Ça, on ne le saura jamais.

Ça y est. Mon humeur est gâchée. L'industrie du spectacle francophone est minuscule. Normal que je croise d'anciennes rivales dans un événement culturel. Chloé veut prendre de mes nouvelles, et ça m'énerve. Je ne suis pas là pour elle. Ce que je veux, moi, c'est recruter Olivier. Et avant qu'elle n'arrive, mes démarches allaient à merveille.

J'essaie donc de lui expliquer mon parcours depuis la dernière fois qu'on s'est parlé, à la fin de nos études, quand j'ai appris qu'elle avait couché avec mon mec de l'époque. Évidemment, j'omets de mettre cet incident sur la table. Avec sa cervelle d'oiseau, elle doit avoir tout oublié et, de toute façon, elle ne fait que parler d'elle. Comme avant.

— Oh ! mouuuuua, ma carrière va tellement bien. Je sors mon troisième mini-album la semaine prochaine en partenariat avec, écoute bien, Nicky Rivage. Ça va cartonner. J'ai déjà eu mon invitation pour le talk-show du dimanche à la télé nationale. J'ai si hâte !

Woohoo. Bravo pour toi. T'as juste oublié une chose, Chloé : je m'en fous complètement, de ta carrière.

Elle continue à m'engourdir les oreilles avec son verbiage. Tout rentre d'une oreille et sort de l'autre. Depuis qu'elle m'a trahie, elle est devenue ma pire ennemie. Et elle est tellement imbue d'elle-même qu'elle est incapable d'avoir conscience à quel point elle m'énerve. Je roulerais des yeux qu'elle ne verrait rien.

— Oh ! C'est Ashley Robertson, là-bas. Pardon, je reviens.

Et elle s'esquive aussi rapidement qu'elle est arrivée.

— Excusez-moi, Jade. Chloé… a, comment dire, une personnalité flamboyante. J'apprends encore à la découvrir.

Je ne lui en tiens pas rigueur. Comme Chloé est partie, je retombe en mode séduction. À mon premier contact, mon objectif était purement professionnel ; maintenant la situation atteint un autre niveau. Mon rôle de chasseuse de têtes s'accompagne désormais d'un désir flambant, alimenté par des motivations quelque peu… vengeresses.

Je prends une bonne gorgée de vin, en me foutant complètement des arômes de cassis et de violette. Jamais, je ne lâche Olivier du regard. Je veux le transpercer des yeux, que mes intentions crient par-dessus le vacarme de la salle.

Olivier Renard m'imite. Son sourire s'étire d'un cran.

—

Ce qui devait arriver est arrivé.

Si Olivier s'est occupé de me servir un deuxième verre de vin, je me suis assuré de garder les prochains bien remplis. Surtout les siens.

Chloé a passé une bonne partie de la soirée à rebondir d'un groupuscule à l'autre : je l'ai entendue d'innombrables fois mentionner son foutu mini-album en collaboration avec Nicky Rivage. Elle est du genre à parler sans laisser personne en placer une. En ce sens, elle n'a pas beaucoup changé depuis la fin de nos études.

Olivier Renard m'a appris que leur relation est plutôt fraîche, qu'ils se sont rencontrés durant les shootings photo promotionnels pour son dernier film. Lorsqu'il m'a parlé d'elle, c'était toujours sous un angle qui atténuait le positif et amplifiait le négatif, comme une personne qui se demande sans cesse s'il doit larguer sa blonde ou pas. Il a même spécifié : « Je ne sais pas encore si je suis amoureux. » J'ai reconnu la marque d'un dragueur invétéré qui cherche à garder ses options ouvertes. Normalement, ces gars-là me donnent des haut-le-cœur. Mais ici, la situation est différente, pour trois raisons. De un, c'est Olivier Renard, un total gentleman – hormis, peut-être, son petit côté coureur – avec des goûts raffinés, une culture débordante et un parfum cuiré qui m'enivre plus que le vin. De deux, mes dernières rencontres sur Tinder, avec des babouins en costumes de crétins, m'ont déçue au point où j'ai dû faire une trêve d'hommes québécois, qui, de toute manière, aiment seulement parler de voitures ou de dessins animés débiles ; mais ici, à Paris, entourée de sophistication et d'élégance, la carapace dont je me suis enveloppée craque.

De trois, je souhaite rendre à Chloé la monnaie de sa pièce.

Je me suis assurée qu'Arnaud se tienne tranquille : mon client semblait vouloir passer la soirée avec les membres de son équipe de tournage. Ces gens-là s'occuperaient de le garder au pas.

Au moment où les directeurs du festival se sont amenés derrière les micros pour les discours usuels soulignant l'ouverture de l'événement, Olivier Renard s'est penché à mon oreille :

— Ce serait un bon moment pour prendre un peu d'air frais, non ?

Je l'ai laissé me guider à l'extérieur.

Maintenant, nous voilà réfugiés dans l'ombre projetée par les arbres entourant les Voûtes Saint-Germain. Olivier se jette sur moi. Sa main robuste glisse dans ma robe et saisit ma poitrine, alors qu'il m'embrasse avec fougue. Je dépose mon dos contre un arbre, mes escarpins à talons hauts et mon sac à main tombent d'entre mes doigts. Je reste pieds nus dans l'herbe et je caresse le menton anguleux couvert d'une barbe rugueuse de l'acteur. Son parfum corsé m'envahit, me pénètre. Ses mains deviennent des exploratrices qui avancent sur un territoire nouveau. En guise de réponse, mes ongles se promènent sur chacun de ses muscles saillants, que sa chemise en soie enrobe de douceur. Je fais descendre son veston blanc le long de ses bras, et le morceau de vêtement va rejoindre mes escarpins Louboutin au sol. Je pince la bretelle de ma robe et l'envoie valser en bas de mon épaule, découvrant mon sein gauche, que la paume d'Olivier couvait depuis le début de notre escapade.

Il me mordille la lèvre. Je réponds avec un petit cri, très aigu, qui transmet mes intentions avec une clarté cristalline.

Sa bouche se dirige vers mon sein, son menton effleure ma poitrine, je me régale de sa rugosité sur ma peau délicate, au point où une flèche de sensations s'enfonce dans le bas de mon ventre. Ma main, comme mue par sa propre volonté, s'ouvre sur la chevelure d'Olivier, prête à l'agripper, mais je m'arrête au dernier instant, les doigts frémissant par-dessus cette chevelure blonde bien peignée : la soirée commence à peine, il ne faut pas laisser d'indices de nos folies. Griffures et ébouriffages sont dans la zone interdite des soirées mondaines. Sa langue parcourt mon sein et s'aventure sur le galbe, pendant que sa main droite s'occupe de ma deuxième bretelle et la rabat sur mon coude. Le haut de ma robe s'affaisse sous mon nombril.

Olivier s'empare de ma poitrine avec sa langue et ses mains. Un grognement de satisfaction s'échappe de sa gorge. Ce que j'aurais envie de lui saisir les cheveux, là, tout de suite ! Ou même d'appuyer sur sa tête, de la descendre, lentement, juste au niveau de mon sexe. Mon entrejambe pulse d'anticipation, ma culotte est détrempée, j'ai un feu d'artifice dans la tête à m'imaginer la bouche d'Olivier s'aventurer dans cette zone.

Mes mains se posent sur ses épaules robustes, et je pousse vers le bas, à petits coups. Il continue de s'occuper de mes seins, ce qui envoie des petits éclairs de plaisir jusqu'à la racine de mes cheveux. Son parfum cuiré m'enivre, m'exalte, m'alanguit, au point où je n'ose pas m'opposer à son mouvement quand il remonte pour m'embrasser sur la bouche. On l'a rarement fait avec autant de vigueur. Il m'agrippe par la taille, oblige le rapprochement entre ma poitrine dénudée et sa chemise de marque dont j'aurais bien envie d'arracher les boutons. Sa main glisse dans ma chevelure orange, il presse ma tête contre la sienne avec sa poigne féroce. Dans ma culotte, c'est un raz-de-marée, et, dans mon sexe, les braises pulsent.

Mes mains n'en peuvent plus. J'attrape sa boucle de ceinture ; mes doigts tremblent, j'arrive à peine à la défaire, les cliquetis de métal montrent ma maladresse, et la tâche devient plus difficile quand la bouche d'Olivier se réfugie dans mon cou. Allez. Qu'il me mordille. Qu'il laisse des marques. À ce niveau, je m'en fous.

Là-bas, au loin, les discours se terminent derrière les vitres des Voûtes Saint-Germain, les musiciens les remplacent, on entend des convives prendre l'air à l'extérieur. Nous sommes à l'ombre. Mieux vaut éviter de faire du bruit. Mieux vaut refouler, avaler nos gémissements. Mais avec ce désir qui nous possède, c'est un défi.

J'arrive enfin à dénouer la ceinture. Je rentre mes pouces dans ses pantalons, et je les descends, avec les sous-vêtements, jusqu'à ses cuisses. Son sexe se dresse, libéré. Je plaque Olivier contre l'arbre sur lequel je m'appuyais : à son tour d'être à ma merci. Il se laisse mener. J'attrape son membre, tout lustré de volupté, je fais glisser à quelques reprises ma main le long de la verge. Ça pulse entre mes doigts. Ça grossit.

Je m'accroupis, et mes lèvres enveloppent doucement ce membre excité. De la langue, j'exécute quelques caresses circulaires. Je l'entends pousser des « oh putain ! », rauques, haletants. J'enrobe cette verge jusqu'à son milieu. Olivier gonfle dans ma bouche. Ma culotte est en feu. J'aurais envie qu'il me pénètre sans l'enlever. Ma main s'active sur son sexe, comme mes lèvres et ma langue. Je lui griffe l'aine, et aussitôt, les ultimes barrières de la retenue éclatent : il agrippe ma chevelure d'une poigne forte et dirige mon mouvement. Je goûte l'excitation qui fuit hors de lui, il grossit encore. Les « oh putain ! » recommencent, je le sens sur le point d'éjaculer, je veux qu'il m'emplisse la bouche d'extase. Qu'importe. Je rincerai le tout avec du vin à 500 dollars la bouteille.

Mais là, alors que je suis à deux doigts de lui faire révulser les yeux, une voix féminine transperce la nuit :

— Olivier, t'es là ?

Il se raidit. Pas dans le bon sens. Je redouble d'ardeur autour de sa queue, même si je sens son poing, toujours serré dans mes cheveux, qui essaie de m'en écarter.

— Jade...

Je continue encore deux coups, puis j'abdique. Il ne faudrait quand même pas que Chloé nous surprenne. Car c'est bien elle. Elle cherche son mec. Son mec que j'ai eu dans la bouche jusqu'à l'aine. *T'as rien vu encore, ma belle, j'ai nettement l'intention d'aller plus loin.*

— Pars de ce côté, me conseille Olivier. Contourne le bosquet. On se rejoint à l'intérieur. Je vais m'arranger avec Chloé.

Dégrisée par la tournure des événements, je replace ma robe, puis je ramasse mon sac à main et mes escarpins. Je déguerpis dans la direction suggérée par Olivier, en prenant soin de ne pas blesser mes pieds nus sur des roches. J'essuie doucement ma bouche avec mon avant-bras. Par chance, j'ai été discrète sur le rouge à lèvres. Sous une lumière et à l'aide de mon miroir de poche, je rajuste mon maquillage et, surtout, mes cheveux, qui se souviennent de la poigne ferme d'Olivier.

Je finis par revenir au cocktail. Mon entrée passe inaperçue : je me rue vers les toilettes en faisant claquer mes talons hauts.

Dans une cabine, j'enlève ma culotte ; elle est irrécupérable, je la jette dans la poubelle à tampons. Je demeurerai en mode commando pour le reste de la soirée.

Cette petite vengeance m'a ragaillardie. Olivier est un homme comme il ne s'en fait plus. Un vrai. Pourquoi ceux-là sont-ils si rares au Québec ?

Il reste encore deux jours au festival. D'ici là, j'aurai l'occasion de finir ce que j'ai commencé. C'est-à-dire amadouer Olivier pour qu'il signe le contrat avec l'agence. Et peut-être arriverai-je, si la chance me sourit, à reprendre la récréation là où nous l'avons laissée.

CHAPITRE 6

Les verres de vin s'enchaînent. Olivier n'essaie pas de me réadresser la parole, ayant l'air sur la défensive : sa blonde le surveille d'un œil inquisiteur, même de loin. Se doute-t-elle de quelque chose ?

Je finirai bien par le recruter d'ici mon départ. Je trouve que notre relation – professionnelle ou pas – a très bien commencé.

Arnaud réussit miraculeusement à éviter de faire l'imbécile durant mon absence. Il se tient avec son groupe de tournage, en terrain connu : il n'est pas du genre à voltiger d'un convive à l'autre comme Olivier le fait, d'ailleurs, avec une aisance remarquable.

Après le sixième verre de vin, le sol vacille. Arnaud rigole fort, avec ses camarades. Les invités ont commencé à se disperser dans Paris : la soirée doit se clôturer dans les quinze prochaines minutes. Je vais chercher mon protégé par la manche et le ramène à l'extérieur. Je titube à cause de mes talons hauts, il me rattrape par la taille, et moi, je l'entraîne dans mon déséquilibre : on finit tous les deux avachis sur un banc du parc, le long du chemin qui mène hors du domaine. Je me laisse choir sur ses jambes et m'abandonne à un éclat de rire.

— Ha ha, t'es bourrée ! s'esclaffe-t-il à son tour.

Vu du dessous, je trouve son nœud papillon presque charmant. Ses grands yeux noirs me regardent, il écarte quelques mèches de mes cheveux orange que ma chute a désordonnés.

— Toi, t'es géniale, ajoute-t-il.

Une bouffée de chaleur m'envahit la poitrine : je rêve ou il m'a fait un compliment ?

— Si j'étais géniale, j'aurais mieux compté mes verres de vin.

Pendant qu'il tapote son portable pour commander un Uber, ses joues se gonflent et il rit pour absolument aucune raison.

Il est aussi ivre que moi, sinon plus. Lui aussi a perdu le compte des verres de vin.

— On nous a pas servi de l'eau de vaisselle, dit-il. Fallait en profiter.

— C'est du Château Margaux, récolte 2000. Avec des arômes de cassis et de…

— Oh là ! Me casse pas les oreilles avec les termes de sommelier à la con. C'était bon, mais ça reste du jus de raisin.

Le raffinement lui glisse dessus comme l'eau sur les plumes d'une oie.

— Allez, dit-il en me soutenant, faut se rapprocher de la route, la voiture se rendra pas jusqu'ici.

J'obtempère, alors que d'autres invités traînent sur le chemin qui mène à la sortie du domaine. On me lance quelques regards amusés. Incertaine de mon équilibre sur mes escarpins à talons hauts, je choisis de les enlever et de marcher pieds nus. J'aurai moins l'air d'une funambule.

— Qui aurait cru que t'étais cool ? me lance-t-il pendant qu'on déambule sur le sentier.

— Hein ?

— J'avais l'impression que t'étais venue juste pour me surveiller et me gronder comme une gouvernante.

D'humeur taquine, je joue le jeu. Je lève mon visage vers lui et serre les dents :

— Grrrrr ! Au pas, Arnaud Fontaine !

Je passe encore à un doigt de m'effondrer, retenue *in extremis* par son bras accroché à ma taille, et j'explose de rire, pendant que le vent nocturne fait valser mes longs cheveux orange.

— Je suis capable d'être fun, tu verras.

Des flashs de ma courte excursion avec Olivier me reviennent.

Notre Uber arrive. Nous nous asseyons sur la banquette arrière. Un coup d'œil sur ma montre m'indique qu'il est 1 h 30 du matin.

— T'as pas une table ronde demain ? me souviens-je tout à coup.

— T'inquiète, j'vais assurer.

— Ça parle de quoi ?

— Va savoir. J'aime mieux improviser. Ça donne toujours de meilleures réponses.

La voiture démarre, et nous roulons dans la Ville Lumière vers notre hôtel. Je m'amuse à observer le raffinement des bâtiments historiques qui défilent, mais alors, la fatigue, le décalage horaire et l'ivresse s'allient pour m'engourdir. Sans même y réfléchir, je me blottis contre l'épaule d'Arnaud.

J'ignore quel rôle joue l'alcool dans cette étrange surprise, mais on dirait que… j'arrive à apprécier la compagnie de mon protégé ? *Wow*. Ce serait une première. Est-ce parce que je sais qu'il prévoit partir vers de nouveaux horizons ? C'est connu : ce qui nous glisse d'entre les doigts devient soudainement précieux. Ça fait cinq ans qu'il est avec notre agence. Je n'arrive plus à compter le nombre de fois où Arnaud m'a fait sortir de mes gonds à cause de ses caprices d'artiste. Ses revendications sur les plateaux de tournage me rendaient folle : un jour, il a failli piquer une crise quand un traiteur a oublié de présenter des options véganes dans un studio. Le producteur est passé à deux doigts de le renvoyer : ça aurait été une tache indélébile sur sa carrière. Ou cette autre fois, en début d'année, avec cette fameuse déclaration médiatique où il dénonçait le capitalisme galopant à Hollywood, en choisissant très mal ses mots. J'en ai eu des insomnies.

Et maintenant, il y a cette histoire de retour au théâtre…

— Je pense que je t'ai jamais dit merci, déclare-t-il d'une voix lente, à ma grande surprise.

J'ai les yeux fermés. Les voyages en voiture ont tendance à m'endormir.

— Merci pour quoi ? dis-je, toujours appuyée contre son épaule.

— Bah, pour tout et pour rien. Si t'avais pas été là pour me tailler une place à ma première audition, pour mon premier film en Amérique, j'aurais manqué cette super fête. Et celles d'avant aussi.

— Je pensais que tu haïssais les événements mondains ? Que c'était des « obligations » ?

— Ça, c'est quand les gens sont chiants. C'est le cas 90 % du temps, surtout quand les médias volent autour des festivités comme des mouches. Mais ce soir, t'as remarqué ? On nous a foutu la paix. Et la bande du film *Les Saisons suspendues* est pas banale. T'as rencontré Kyle Trevor, le réalisateur ?

— Non ?

— Chic type. Toujours une blague sous la manche, celui-là.

Je garde les yeux fermés, heureuse qu'Arnaud ait apprécié sa soirée.

— Tu vas rester avec nous, hein ? que j'ajoute, sans filtre.

— Qu'est-ce que tu veux dire ?

Malgré mon état d'ivresse, je sens que le moment pour avouer qu'on est au courant, à propos de ses projets d'abandonner le métier, n'est pas propice. Il m'accuserait de l'espionner. La soirée s'est bien terminée. Je souhaite que ça demeure ainsi.

Notre Uber s'arrête devant l'Hôtel des Seigneuries. Arnaud m'aide à descendre de la voiture, et un rire aigu me monte à la bouche. Je ne dois pas oublier de boire un peu d'eau, sinon, bonjour le mal de tête demain.

À notre chambre, je dépose mes Louboutin à l'entrée et m'enferme dans la salle de bains pour mettre ma nuisette, que je trouve un peu trop révélatrice à mon goût : je prévoyais de séjourner seule, dans mes propres quartiers. Normalement je dors sans sous-vêtements, mais ici, je vais faire une exception.

Je me démaquille, me brosse les dents. Lorsque je sors, Arnaud en profite pour prendre une douche.

La muraille de serviettes sépare toujours le lit *king size* en deux.

Je m'étends dans mon royaume, programme une alarme pour le lendemain. Comme une intense chaleur flotte dans la pièce et que la climatisation est à fond, je rabats les couvertures à la hauteur de mes hanches.

Quand Arnaud émerge de la salle de bains, je remarque qu'il a opté pour des sous-vêtements uniquement. Bonjour la pudeur. Je fais toutefois semblant de dormir, n'ayant pas envie de lui faire la morale.

Il se couche. Éteint sa lampe de chevet.

Pour ma part, malgré l'extrême fatigue, le sommeil n'arrive pas à m'emporter. Des images de ma soirée reviennent me visiter. Dont cette courte excursion à l'extérieur avec Olivier. Aurais-je dû en profiter pour lui parler affaires immédiatement plutôt que d'oser des jeux érotiques aussi rapides ? Si seulement Chloé Beaudet n'était pas dans le décor… Quand je l'ai entendue pour la première fois, j'ai vu rouge. Ma cible était dans le collimateur. Je l'ai atteinte d'une manière non anticipée et je ne regrette rien.

Par la force de l'imagination, je ressens encore les grandes mains d'Olivier sur moi, me caresser les seins pendant que le haut de ma robe tombait sur mes hanches. Je ne me suis pas sentie subjuguée par un homme de cette manière depuis belle lurette, et le seul fait d'y penser humidifie mon entrejambe. *Ce n'est que partie remise*, me dis-je, me souvenant que Chloé est allée beaucoup plus loin que moi, lorsqu'elle a joué dans mes plates-bandes. J'ai obligé mon mec de l'époque à me raconter son adultère dans les fins détails, comme si je voulais remuer le couteau dans la plaie.

Olivier, son image, son sourire, son corps reviennent en boucle dans ma tête. Olivier qui m'empoigne les cheveux, qui enfonce son membre dressé dans ma bouche. Qui sait comment ce se serait terminé sans cette interruption de la part de Chloé ? L'aurais-je repoussé pour qu'il me renverse et se glisse en moi ? Alors, il m'aurait fait ressentir sa virilité au creux de mon ventre. Et je l'aurais accueillie avec un couinement aguicheur, mon regard bien ancré dans le sien. À coup de griffes, j'aurais anéanti sa coiffure et en réponse, il aurait redoublé d'ardeur.

« Ah. »

J'ouvre les yeux. Un gémissement s'est échappé de ma bouche par inadvertance. À côté de moi, Arnaud

ATTENTION !

Scanner ce code QR pourrait

te spoiler certaines scènes de ce roman...

n'a eu aucune réaction. Il est tourné vers moi, de l'autre côté de la muraille de textiles : je sens qu'il dort déjà.

Je ferme à nouveau les paupières, et retourne dans mon agréable rêvasserie. Mes doigts se glissent le long de mon corps, atteignent ma culotte, se faufilent à l'intérieur. Je caresse mes lèvres humides, de haut en bas, puis je me pénètre avec l'index et le majeur, m'imaginant surplombée par Olivier.

J'ouvre encore les yeux. Arnaud semble bel et bien dormir. La petite barrière de serviettes roulées préserve le mystère de mes attouchements.

Ou se pourrait-il qu'il m'observe en secret ?

Honte à moi, l'idée m'excite.

Je continue à jouer dans ma culotte et sens l'étincelle de plaisir m'enflammer. Je cajole mon clitoris, j'insère encore mon index en moi, et il suffit d'une série de va-et-vient pour que l'humidité descende sur mes fesses.

À l'aide de mes pieds, en silence, je tasse les draps, jusqu'à les baisser à mi-cuisses. Je soulève doucement mes hanches, et je glisse ma culotte vers mes genoux, découvrant progressivement mon mont de Vénus, puis mon sexe, qui ressent à nouveau la fraîcheur de l'air libre. Je ramène mes doigts sur mes lèvres lubrifiées, espérant presque qu'Arnaud remarque ma promenade sur le territoire de l'exhibitionnisme.

Je me caresse, toujours en m'imaginant Olivier qui accomplit son travail inachevé, d'abord avec sa langue. Je peux presque sentir la texture rugueuse de sa barbe contre mes cuisses. Il me lèche, insère sa langue en moi, il demeure entre mes lèvres pendant que j'agrippe encore ses cheveux, que je peux maintenant décoiffer à volonté.

Lorsqu'il revient s'installer sur moi, sans pantalon, habillé d'une simple chemise, j'écarte les jambes pour l'accueillir. Mes doigts continuent de me rassasier, mais j'arrête avant l'orgasme. Pas tout de suite. Je préfère laisser ma jauge d'envie en suspens, et garder le meilleur pour la suite. Il ne faudrait pas tout gâcher.

En silence, je tire un papier mouchoir de la table de nuit et j'éponge mon dégât. Je remonte mes sous-vêtements, ramène les couvertures par-dessus mes jambes.

Je ferme les yeux, toujours bercée par l'ivresse du bon vin.

Un rire léger s'échappe de ma bouche.

Je l'avoue. Une partie de moi a rêvé qu'Arnaud me voie et franchisse la frontière dressée entre nous.

CHAPITRE 7

Mon alarme me réveille à 7 h. Lorsque j'ouvre les yeux, je constate que je me retrouve seule dans le lit : j'entends néanmoins la douche dans la salle de bains.

J'ai un léger mal de tête que je combats à l'aide d'une Tylenol saisie dans mon sac à main.

Des flashs de ma soirée me reviennent. Tout un cocktail d'inauguration, celui-là ! Ma discussion avec Olivier, notre promenade à l'extérieur, la manière dont ça s'est terminé… Et ce retour à la chambre, avec mon petit jeu en solitaire.

Arnaud m'a-t-il vue ? Il semblait dormir profondément, mais peut-être s'amuse-t-il à jouer les cachottiers.

Je choisis mes vêtements pour la journée. Aujourd'hui, mon protégé est invité à s'exprimer sur une table ronde intitulée *L'équilibre entre l'art et le commerce dans l'industrie cinématographique : quels sont les compromis nécessaires ?* Très épineux comme sujet, étant donné les doutes d'Arnaud sur son choix de carrière.

On l'a probablement sélectionné justement à cause de ses sorties controversées dans les médias, en début d'année : il a proclamé que les grands producteurs d'Hollywood acceptaient de « vendre leur âme » pour satisfaire la plèbe, qu'ils se contentaient de reproduire les mêmes clichés à l'écran, que leur paresse créative les forçait à se prosterner sous la tyrannie du risque zéro. J'ai longtemps cru que les portes se refermeraient devant lui pour avoir tenu de tels propos, mais l'effet inverse est survenu : les offres pleuvaient de partout. Les producteurs et réalisateurs qui se considéraient eux-mêmes comme des « artistes » ont vu en Arnaud une possibilité de redorer leur image auprès des critiques. Jamais on n'a refusé autant de contrats durant cette semaine. Ceux qu'on a gardés, on les a renégociés à la hausse.

Quand même, Arnaud marche constamment sur un fil de fer. Cette sortie aurait pu lui être fatale. J'espère qu'il ne tentera pas ce genre de pirouette durant la table ronde. Le sujet va certainement créer des flammèches entre les participants.

Arnaud émerge de la douche, vêtu d'une chemise avec des motifs de petits éléphants, et, évidemment, avec un nœud papillon dans le cou : cette fois de couleur bleu ciel, avec des rayures. Ne sait-il pas qu'on ne doit jamais tenter d'agencer des rayures avec des motifs récurrents? Fidèle à son habitude, il doit faire exprès pour contrevenir aux règles.

— Bien dormi? me demande-t-il.

— J'aurais pris trois heures de plus.

Aucun commentaire sur ma main baladeuse de la veille, dans la chambre. Il devait dormir pour de vrai.

Je me lave à mon tour, m'habille, me maquille, toujours en surveillant les aiguilles sur ma montre.

Un taxi nous amène dans un immense complexe dans le quartier de La Défense, du côté le plus urbanisé de la ville. C'est là que se tiendront les tables rondes, les conférences, les séances de photo et les projections, qui commenceront plus tard dans la matinée. Une panoplie de gens débarquent en même temps que nous, dans des vêtements nettement moins pompeux que la veille. Le ciel dégagé nous promet une journée ensoleillée. Un employé du festival m'offre un dépliant contenant le programme dans ses plus fins détails: je le parcours en diagonale, surtout intéressée par le plan des lieux. Nous devons rejoindre la salle François-Truffaut avant 9 h. C'est au deuxième étage, juste après l'aire de réseautage.

La salle est déjà pleine. Un homme en complet-cravate accourt dans notre direction pour accueillir Arnaud, qu'on attend à l'avant. Je vais m'asseoir dans les premières rangées. Pour le moment, seuls deux panélistes sont arrivés : mon protégé, puis Lola Foucombe, une réalisatrice dont le long-métrage est nominé dans le volet « films historiques ». Arnaud et elle échangent quelques mots. L'animatrice prend place de leur côté, et il faut une dizaine de minutes pour qu'un autre participant daigne se présenter : Cédric Danois, un producteur belge, selon mon dépliant. Pendant ce temps, portable à la main, j'en profite pour faire du ménage dans ma messagerie.

Nous attendons toujours l'apparition de la dernière personne au programme lorsque l'animatrice quitte la scène un bref instant, pour revenir rapidement – au point où je n'ai même pas le temps de finir de consulter mes mails. Elle s'approprie le micro et s'adresse à l'assemblée avec une voix exagérément enjouée.

— Bonjour à toutes et à tous pour cette première table ronde du Festival Lumières des Arts. Ce matin, notre sujet abordera un aspect qui touche tous les intervenants dans le milieu du cinéma, du producteur aux acteurs, en passant par les réalisateurs : *L'équilibre entre l'art et le commerce dans l'industrie cinématographique : quels sont les compromis nécessaires ?* Nous pourrons en discuter aujourd'hui avec Arnaud Fontaine, que vous verrez cet après-midi dans *Les Saisons suspendues* – bonjour, Arnaud.

— Salut.

— Nous avons aussi Lola Foucombe, réalisatrice de *Moi, Baudelaire*, au programme demain. Bonjour, Lola.

— Bonjour, madame Gervais. Ravie d'être avec vous.

Elle continue la même ritournelle avec Cédric Danois, avant d'annoncer :

— Malheureusement pour nous, notre dernier panéliste a dû s'absenter. Mais qu'à cela ne tienne ! Nous avons trouvé une merveilleuse personne pour le remplacer.

Une silhouette passe à l'arrière de la scène, dans l'ombre, et s'avance vers la lumière des projecteurs. Avec un léger sursaut, je reconnais là Olivier Renard, toujours enveloppé d'un complet – cette fois noir avec de subtiles rayures – qui dégage grâce et raffinement. Il s'assoit directement entre Arnaud et l'animatrice.

— Olivier Renard, qu'on aura la chance de voir dans *La Quittance des corbeaux*.

— Qui sera présenté après cette rencontre, ajoute l'acteur. Salle de projection 18. Le comptoir à pop-corn est juste à côté.

Quelques rires se propagent à travers l'assistance, qu'Arnaud balaie du regard. Il me trouve dans la deuxième rangée, et m'envoie un clin d'œil qu'aucun des autres panélistes semble n'avoir remarqué.

Je hausse les sourcils en guise de réponse, avec un sourire fendu jusqu'aux oreilles.

J'observe les personnes assemblées alentour. Chloé Beaudet, la conjointe d'Olivier, a l'air absente. Ou bien je suis incapable de la repérer.

L'animatrice démarre alors la discussion en parlant des impératifs commerciaux dans l'industrie cinématographique, et la chance qu'ont les longs-métrages français de pouvoir bénéficier d'un certain nombre de subventions, ce qui explique pourquoi on peut se permettre d'entreprendre des projets plus risqués. Lola Foucombe rebondit là-dessus en saluant le Festival Lumières des Arts et la visibilité que donne l'événement aux œuvres plus modestes du milieu, même si des réalisations d'Hollywood se trouvent quand même dans la programmation : et il s'agit là d'une pointe passive-agressive lancée à l'intention de mon protégé, qui ne se laisse pas intimider pour autant.

Le long-métrage d'Arnaud est l'une des rares productions américaines au Festival Lumières des Arts, connu pour souligner l'excellence de ce qu'on appelle les « films d'auteur ». Or, la plupart du temps, Hollywood et « film d'auteur » sont considérés comme des antonymes. On s'étonne toujours ici lorsque des tournages de l'Oncle Sam figurent parmi les finalistes.

La discussion continue bon train. Olivier, en brillant orateur, domine la plupart des conversations, au point de jeter de l'ombre sur l'exubérant Arnaud.

— Qu'un acteur ne s'enferme pas dans le monde du cinéma, qu'il utilise son nom dans d'autres domaines, ça m'apparaît normal, lance-t-il à l'animatrice, avec un ton plus enflammé qu'au début des échanges. Vous jouez la comédie, là, et après la sortie de votre film, une entreprise vous appelle pour que vous soyez le nouveau porte-parole de sa marque de céréales. Eh bien, tentez cette chance, bordel ! On va se le dire : c'est pas tous les films qui amènent assez de fric pour rembourser les paiements sur votre maison. Avec les tournages vient une certaine notoriété, et c'est la responsabilité de l'acteur de monnayer cette notoriété.

Tellement bien dit ! Surtout qu'en tant qu'agence, nos intérêts convergent avec ceux de nos protégés : nous signons des ententes qui nous permettent de prélever un pourcentage sur tous les revenus dérivés de ce genre. D'autant que la plupart des contrats dans le domaine de la publicité, c'est nous qui les trouvons. Bref, c'est du donnant-donnant.

— C'est des conneries, intervient Arnaud.

Olivier pivote vers son voisin.

— On t'offrirait 100 000 euros pour promouvoir une bagnole, et tu répondrais non ?

— Pourquoi on m'utiliserait pour vendre une voiture ?

— Ouvre ton imagination. Joue le jeu, mon ami. Le téléphone sonne. On t'offre 100 000 euros pour un tournage d'une journée, et peut-être une séance photo qui va prendre deux ou trois heures de ton temps. Toi, tu t'empêches de respirer l'odeur du fric, et tu dis non ?

— Je dirais pas non, en effet…

Olivier sourit de satisfaction, avant qu'Arnaud ne complète :

— … ceux qui me font cette proposition, je les enverrais chier.

Des murmures se propagent dans la salle. Je serre les dents.

— Naaah, tu te fous de moi, là, Arnaud. On parle d'une journée de travail pour 100 000 euros, personne avec les neurones en bonne santé dirait non à une offre pareille.

— J'ai une gueule de vendeur de voitures ?

— T'as une gueule de célébrité. Et une gueule de célébrité, ça sert à vendre des trucs. Tu t'imagines le pognon qu'empoche George Clooney avec Nespresso ? Le magazine *Forbes* l'a révélé. C'est des dizaines de millions, mon ami. Tout ça pour incarner un gentleman qui sirote sa tasse avec un air satisfait.

— La journée où on verra ma tronche dans une pub…

— Mais c'est comme du cinéma. C'est la même chose, Arnaud. Ton film, là, *Les Saisons suspendues*. Si t'as mis des efforts pour bien jouer là-dedans, c'est pour donner la meilleure chance au produit. Pour qu'il se vende mieux. Ils auraient pu choisir n'importe quel autre acteur. Mais non. Ils ont pris Arnaud Fontaine. Parce que ton nom apporte du fric au box-office. Du coup, tu joues dans un film, mais tu joues aussi un rôle publicitaire.

Je m'attendais à ce qu'Arnaud lui envoie une réplique cinglante, mais il se contente de regarder son micro en silence.

Est-ce ainsi qu'Arnaud voit sa contribution au monde du cinéma ? Est-ce la raison qui le motive à renouer avec la modestie du théâtre ? Peu à peu, il semble reprendre ses esprits.

— S'ils m'ont choisi, je l'espère, c'est parce que j'ai fait une performance exemplaire à l'audition. Y a pas d'autres variables. Mon nom, on s'en torche. Un acteur, c'est là pour incarner un personnage et faire vivre une histoire. Je comprends qu'il faut payer l'équipe. Caméramans, monteurs, coloristes, le studio, même. On doit les vendre, ces films. C'est pas comme peindre dans son garage en solo. Mais moi, le seul monde que j'habite, c'est celui de mon personnage. L'aspect commercial, faut laisser ça aux producteurs.

L'animatrice se tourne déjà vers Olivier, pressentant qu'une réponse va jaillir de sa bouche d'un instant à l'autre. Alors, tout le monde retient son souffle, à commencer par les autres panélistes. Mon antisudorifique travaille fort en ce moment. J'attends toujours le « coup d'éclat » annoncé secrètement par Arnaud.

— T'as peut-être réussi l'audition, mais à valeur égale entre toi et un pur inconnu, ils vont prendre Arnaud Fontaine. Parce que le nom, il vend.

— Qu'est-ce que tu veux que je te dise ? Peut-être que oui. Peut-être que ma gueule aide à vendre. Mais ça reste les décisions de la production. C'est pas de mon ressort. Moi, ce qui m'intéresse, c'est mon rôle.

— Et un rôle dans une pub de bagnole, alors ? C'est pas la même chose ?

— Encore ces putains de voitures ?

L'animatrice intervient, voyant que la tension monte. Elle tente d'amener le sujet ailleurs, en donnant la parole aux panélistes qui les côtoient. Arnaud et Olivier acceptent cette trêve, mais leurs visages témoignent du mépris qu'ils se témoignent l'un envers l'autre.

CHAPITRE 8

— Non mais quel con…

Dès la fin de la discussion, Arnaud partage avec moi sa frustration, irrité d'avoir été pris pour cible durant une bonne partie de la rencontre.

— Arnaud, le sujet de la table ronde, c'était carrément : « L'art versus l'argent. » T'es un des seuls acteurs au festival qui signe avec Hollywood. Normal que ça soulève les passions.

— Tu veux du vrai beurre ?

— Hein ?

Il pointe le bar à friandises, où un trio de machines à pop-corn s'allie pour diffuser une odeur de grains fraîchement éclatés dans les couloirs du complexe.

— Je sais pas à quel point tu surveilles ta ligne, mais au ciné, pour avoir l'expérience ultime, ça prend du vrai beurre.

Je lui fais des yeux de poisson. J'avoue n'avoir jamais osé m'offrir cet extra.

— Bah ! Pourquoi pas ?

Satisfait, il se rapproche du comptoir et sort son porte-monnaie, nous commandant deux grands formats avec extra-vrai beurre, s'il vous plaît.

Je me demande si cette mascarade est réellement un élan de générosité de sa part – la collation revient quand même à 10 euros par paquet – ou s'il s'agit d'un moyen subtil de changer le sujet. Dans tous les cas, la stratégie fonctionne. Dès le premier grain de maïs gobé, je me mets en mode « cinéphile », fin prête pour le programme de la journée : le film d'Olivier maintenant, puis celui d'Arnaud l'après-midi. Nous rejoignons la salle numéro 18 et atteignons nos sièges réservés, dans la rangée du milieu.

À peine sommes-nous assis que je lance :

— Ça parle de quoi, *La Quittance des corbeaux* ?

Arnaud hausse les sourcils devant ma question.

— Laisse-moi deviner. C'est sûrement l'histoire d'un mec déprimé de la ville qui rencontre une *Manic Pixie Dream Girl* par pur hasard. Cette fille – légère et enjouée, bien sûr – va aider notre homme à retrouver sa folie de jeunesse. On parlait de recettes, tout à l'heure ? Regarde bien. Olivier, dans le genre, c'est un chef cuisinier. Je te parie 20 billets qu'il va y avoir une scène où le personnage féminin va faire manger une crème glacée molle à son homme, à la cuillère, en riant comme une conne, dans un beau panorama estival.

— C'est quoi, une *Manic Pixie Dream Girl* ?

— T'as jamais entendu l'expression ? C'est une fille qui fait exactement ça. Remonter le moral du rôle masculin, apporter de l'extravagance, danser quand tout est grave. Si t'as déjà vu un film avec Zooey Deschanel, tu connais le type.

C'est vrai qu'Olivier est souvent appelé pour jouer dans les mêmes rôles. Il a un visage malléable, qui peut être d'une dureté intransigeante à l'écran, mais qui est aussi capable de se dérider pour la rigolade. Parfait pour un récit qui commence dans la grisaille et qui se termine avec des explosions d'arcs-en-ciel.

J'accepte de parier les 20 billets – en euros – par rapport à la scène de crème glacée.

Soudain, la lumière baisse, le brouhaha autour s'éteint. La projection commence.

Les premières minutes de *La Quittance des corbeaux* nous présentent le personnage d'Olivier, jeune homme d'affaires parisien qui bosse dans une boîte où, pour qualifier l'ambiance, les termes « morne et étouffante » seraient des euphémismes. Les scénaristes n'y sont pas allés de main morte avec les clichés du monde administratif : la vie sous pression, les meetings, la bière salvatrice de fin de journée, et surtout, le retour, le soir, dans un loft modèle décoré avec les tendances dernier cri… mais en solitaire.

Un gars plein de fric, seul et malheureux.

Il suffit d'à peine 10 minutes, dans une scène où le mec s'achète un complet pour assister à un mariage, pour qu'il rencontre une blondinette avec une robe fleurie, qui l'aide à mettre une touche d'originalité dans son habillement : une cravate pas-de-la-couleur-préférée-du-monsieur. Mais il accepte de l'acheter et de la porter, après quelques gentils arguments.

Le personnage d'Olivier croise cette fille à nouveau par pur hasard à différents endroits : ensemble, ils parcourent Paris et redécouvrent la Ville Lumière sous un ciel qui passe des nuages aux grands rayons de soleil. Notre homme d'affaires perd son masque de pierre. La vie lui paraît moins terne. Il consent même – oh merde ! – à faire un tour dans le carrousel en compagnie de notre *Manic Pixie Dream Girl*. Après une heure de ce délire, je veux crever. Et c'est encore pire quand la jouvencelle, qui doit avoir dix ans de moins qu'Olivier, pique une cuillère de crème glacée à la pistache directement dans la bouche du rôle masculin. Il choisissait toujours la vanille, que voulez-vous ? Il fallait bien l'arracher à sa platitude !

Une véritable torture. Une chance que j'ai l'extra-beurre dans mon pop-corn.

CHAPITRE 9

Je quitte la salle de cinéma, allégée de 20 euros.

— Sérieux, pour la scène de crème glacée, comment t'as fait ?

— J'ai des dons de voyance.

— Non, mais, c'était quoi les chances ?

Nous sortons sous la chaleur du soleil, qui frappe fort après avoir séjourné dans la salle climatisée du cinéma. Après la projection, Olivier est venu nous rencontrer pour avoir notre avis, et je me suis empressée de répondre avant qu'Arnaud ne saisisse l'occasion de générer un autre malaise. Fort satisfait de mes éloges, il nous a invités à le rejoindre à la Brasserie Montmartre avec son groupe, pour prendre le déjeuner – ou le *dîner*, en bon québécois. Ils planifient eux aussi d'aller visionner le long-métrage d'Arnaud en début d'après-midi.

— OK, OK, je vais cracher le morceau, me dit Arnaud en marchant. Le film était présenté en primeur, mais ils ont diffusé une bande-annonce sur YouTube la semaine dernière. On voit la fille, la pistache et toute la belle recette.

Ma bouche s'ouvre en « O » devant cette révélation. Je lui donne une claque sur le bras.

— Arnaud Fontaine. Vous m'avez arnaquée de 20 billets.

— Un pari est un pari.

— Tu as triché ! Tu savais que j'allais mordre à ton hameçon !

Il sourit de manière franche. Et je dois avouer que là, sur le trottoir ensoleillé de Paris, devant les façades des bistrots, je me laisse envahir par le romantisme européen dont Montréal m'a toujours privée. J'aurais envie de m'asseoir sur une chaise au hasard et d'attendre qu'un serveur nous propose son meilleur café.

Le film que je viens de voir donnait du sens aux paroles d'Arnaud, durant la table ronde.

Cette histoire était sous la moyenne – à mes yeux, du moins. Qu'est-ce que le jury a bien pu trouver d'exceptionnel là-dedans ? C'était une succession de clichés, le réalisateur voulait reproduire un émule des films américains du même genre, mais avec un humour grinçant, typiquement français. Aucune inventivité, aucune créativité. Et que dire de la performance d'Olivier… plutôt désastreuse ? Elle m'a refroidie. Au point où je me demande si je dois encore le recruter pour l'agence.

Mais bon.

Je dois garder à l'esprit que la production doit jouer un rôle majeur dans ma déception. Le côté cul-cul du scénario, Olivier n'en est pas responsable. Il doit répéter les lignes qu'on lui donne. Si la matière première est mauvaise, il est condamné. Peut-être aussi que la réalisation a été lamentable. Un millier de raisons peut justifier cette catastrophe. Ses talents n'ont pas été exploités à leur plein potentiel. Je l'ai vu dans d'autres films. Il avait de la prestance.

En tout cas, il me semble.

Si on le prend sous notre aile, on s'arrangera pour ne pas tomber dans ce piège. On le jumellera avec les meilleures équipes, et ce sera non négociable. Je peux lui faire cette promesse. Mon agence a le bras long. Je dois seulement éviter d'avoir un *pitch* qui suggère que sa performance dans *La Quittance des corbeaux* suscitait moins d'intérêt que mon pop-corn.

Arnaud me sort de mes pensées :

— Si ça peut aider à me faire pardonner, c'est moi qui paye le déjeuner.

— Tant que ça se termine avec une crème molle aux pistaches, ça me va. Et tu vas me mettre la première cuillerée dans la bouche. Et je vais rire comme une idiote, alors que j'élabore 1 000 plans pour transformer ta vie en feux d'artifice.

—

Si j'adore Paris, c'est entre autres pour les ardoises de ses restaurants. Où voit-on au Québec un verre de vin qui coûte l'équivalent de deux euros, sans que ce soit une piquette infecte ?

La Brasserie Montmartre ne fait pas exception. Deux minutes après mon arrivée, j'ai un excellent bordeaux entre les doigts. J'écoute l'équipe de production de *La Quittance des corbeaux* se congratuler à grands coups de toasts à notre table. En bons hypocrites, Arnaud et moi joignons nos verres aux leurs. On n'est pas ici pour jouer les critiques.

Comme plat, j'opte pour un tartare de bœuf – et je précise que je le veux préparé au couteau. Arnaud m'ouvre le menu et dépose son doigt sur un dessert : « Glace aux myrtilles ». C'est loin des pistaches, mais ça fera l'affaire pour sa punition. Il se commande un burger végan.

Pendant que nous attendons nos repas, j'écoute attentivement Olivier – qui domine incontestablement la conversation. Phrase après phrase, il ramène 1 000 anecdotes du plateau de tournage que ni moi ni Arnaud ne comprenons. *Inside* par-dessus *inside*. Classique, quand on se joint à une table d'inconnus. À côté de lui, Chloé Beaudet semble s'ennuyer autant que nous : son extravagance verbale s'est dissoute au soleil. Elle reçoit son potage en premier et le mange à petites bouchées.

J'ignore pourquoi, mais ça m'irrite. Olivier n'ose même pas inclure sa conjointe à la discussion... Après tout, c'est *sa* copine. Chloé est l'étrangère. Comme nous. En tout cas, c'est mon impression.

Un drôle de sentiment me tord les boyaux. Après avoir vu *La Quittance des corbeaux*, ce que je percevais comme de l'assurance chez Olivier me paraît maintenant comme être... de l'orgueil ? Non, je me fais des idées. Je dois attendre que les horribles scènes de son film disparaissent de mon esprit. Tout ira mieux ensuite.

Mon assiette de tartare arrive au même moment où mon téléphone se met à vibrer dans mon sac à main.

Je prends l'appareil. C'est ma sœur Fanny. Merde.

— Tu m'excuses ? dis-je à Arnaud, qui commence à découper son burger au couteau.

Il hoche la tête, et je m'éclipse à l'extérieur. Debout sur le trottoir, je réponds en grinçant des dents, sachant que Fanny ne m'appelle pas pour me quémander un souvenir.

— Allô ?

— Jade ? C'est Fanny. J'espère que ton voyage est fun.

Ce ton était aussi doux que du barbelé.

— Pourquoi tu m'appelles ? Il est quelle heure chez vous ? Sept heures du matin ?

— Je voulais juste t'avertir qu'on retourne voir le notaire ce matin. Il a vu des incongruités dans le testament, et c'est possible qu'on fasse invalider certaines clauses. Dont celles qui t'avantagent par rapport à nous.

— T'es fière de toi, j'imagine ?

Dire qu'à peine trois mois plus tôt, j'étais encore capable de rigoler avec elle.

— C'est pas ça la meilleure. On a épluché tous les documents d'adoption…

— T'as vraiment été jusque-là…

— Et le notaire a trouvé des vices de procédure. Y a le quart des documents qui ont pas été remplis comme il faut. Il manque des signatures. Si ça se trouve, t'es même pas l'enfant légale de papa et maman.

— Va chier.

Je lui raccroche au nez.

Ma main tremble. Je serre mon téléphone au point où j'ai peur de le casser. Non, mais, pour qui elle se prend, elle ? Fanny cherche à me faire perdre ma citoyenneté ? Veut-elle vraiment aller aussi bas pour une poignée de billets de banque ?

Chacun de mes cheveux ressent le trémor du volcan qui bout en moi. Je me crispe, j'ai du mal à respirer. Je me sens tellement loin de chez moi, tout à coup. Les Parisiens qui déambulent sur le trottoir m'observent comme si j'étais une folle sortie d'un cabaret : j'ai les joues en larmes. Mon mascara doit être une catastrophe. J'essaie de contenir ma fureur, je voudrais crier, frapper, mais je parviens seulement à perdre l'équilibre. Mes talons hauts m'envoient valser contre un mur.

Pourquoi il fallait en arriver là ? Pourquoi Fanny est incapable de comprendre la situation ? Si papa et maman me laissent plus d'argent, c'est parce que j'en ai besoin ! Ce n'était pas suffisant qu'on se retrouve tous orphelins du jour au lendemain, à cause d'un stupide accident de voiture ? Il fallait en plus qu'elle fasse éclater notre famille ?

Ça, elle a réussi. Élie, Math et Fred se sont ralliés à elle. Les quatre enfants biologiques, issus des années de fertilité de ma mère. Sauf que nos parents désiraient cinq enfants au final. Ils *me* voulaient, moi. Autant qu'eux !

Mon cul glisse sur le mur jusqu'à toucher le sol. Je dois vraiment avoir l'air d'une traînée. Les hoquets de tristesse m'emportent, les larmes transforment mes yeux en écluses ouvertes, et je tente de cacher mon visage derrière mon sac à main, pendant que je frappe le ciment de mon poing libre. Les étrangers déambulent, insensibles à ma détresse. Pour eux, je suis une écorchée de la vie qui fait partie du décor.

— Hé, merde, ça va, Jade ?

Des bras que je reconnais au premier coup d'œil m'enveloppent. J'essaie de cristalliser mon orgueil pour créer une barrière et cesser de pleurer, mais l'exact inverse se produit. Ma bouche se tord en grimace et je fonds en larmes comme une gamine blessée. J'agrippe la chemise de mon sauveur. Il me caresse le dos. Chaque passage de sa main m'envoie une onde de réconfort, qui est aussitôt remplacée par une vague de colère et de tristesse. J'ai l'impression d'avoir perdu ma famille, mes repères. Je suis une nouvelle orpheline. Je n'ai pas encore digéré le morceau. Mes frères et mes sœurs, c'est tout ce qui me restait de tangible. Ce n'est pas censé être indestructible, ces liens-là ?

— Viens, on va aller prendre un café.

Arnaud m'aide à me relever, et je me laisse conduire, incapable d'arrêter de grelotter.

CHAPITRE 10

On entre au Café des Deux Moulins, situé à trois pas de la Brasserie Montmartre. C'est l'endroit où travaillait la fameuse Amélie dans son film culte. Arnaud n'a pas manqué d'en faire la remarque, même s'il fallait vivre dans un égout pour l'ignorer.

— Le café est vachement bon, m'assure-t-il. Tu prends quoi ?

Sans consulter la carte, je demande un double espresso. Il se commande un café crème.

Quand la serveuse s'éloigne, Arnaud m'observe en silence.

— Veux-tu me raconter ce qui se passe, ou tu préfères rester dans tes secrets ?

Durant tout le trajet jusqu'au café, je ne lui ai rien expliqué, me contentant d'essayer de me ressaisir.

— Je suis pas sûre que tu comprendrais.

Il hausse les épaules.

— Essaie pour voir.

J'hésite. D'entre toutes les personnes qui existent, Arnaud est la dernière à qui je voudrais confier mes ennuis familiaux. Qu'en a-t-il à cirer ? En plus, il risque de contribuer à mon isolement : ne prévoit-il pas de déserter mon agence, *me* déserter, seulement pour retourner jouer la comédie à petite échelle, à Montréal ?

Mais garder ça en dedans serait comme avaler le poison qu'on a dans la bouche au lieu de le cracher. Je n'arriverai jamais à passer à travers le week-end si je m'enferme dans ma coquille. De toute façon, je viens de craquer. Là. Devant mon client. Le mal est fait.

— Mes parents sont morts ce printemps.

— Oh ! Vraiment désolé. J'étais pas au courant.

— C'est normal. T'étais en tournage. C'est moi qui aurais dû t'informer.

Nos cafés arrivent. Je prends ma première gorgée. Et je sens la pression des larmes monter. Ça va déborder.

Arnaud demeure bien en place, prêt à m'accompagner. N'importe qui d'autre aurait pu me trouver folle, trop sensible et aurait pris ses jambes à son cou. Pas lui.

Et voilà. Je déballe tout. En commençant par le stupide accident de voiture où la BMW de mes parents a percuté un poids lourd qui fonçait en sens inverse.

Les deux ont péri sur le coup. Les policiers nous ont assurés que ni l'un ni l'autre n'a souffert. La nouvelle a été un choc pour la famille. Perdre un parent, c'est un drame. Alors, les deux en même temps… Papa et maman venaient d'avoir 60 ans. Mon père préparait sa retraite : il avait un poste de cadre dans une firme de comptabilité, il lui restait neuf mois à travailler. Lui et ma mère s'entraînaient chaque jour, ils étaient en parfaite santé. Et tout à coup, le destin a frappé. Bang ! Les rêves qu'ils entretenaient, celui de faire le tour du monde et de serrer leurs petits enfants dans leurs bras, tout s'est envolé en fumée, comme ça, en une fraction de seconde.

Mais c'est seulement le début de l'histoire. La partie où personne n'a de contrôle.

C'est quand le notaire a ouvert le testament que la guerre a éclaté. Mes parents avaient amassé une coquette somme d'argent de leur vivant, soit l'équivalent d'un million de dollars, investis dans différents comptes de placements. Et ça ne comprenait pas la valeur de leur maison. Bref, pas un montant pour vivre comme un pacha jusqu'à sa mort, mais pas non plus de la monnaie qui traîne au coin d'une table.

Le problème est que mes parents m'ont légué la moitié de leurs actifs. Mes quatre frères et sœurs devaient se partager le reste. Le testament le spécifie noir sur blanc.

Le visage d'Arnaud s'étire de surprise devant cet aveu.

— T'étais la fille chouchou ou quoi ?

— Non. Oui. Je sais pas.

J'étais l'enfant adoptée. Le mouton noir, qui plus est. J'ai choisi un travail dans les arts, où les revenus oscillent d'année en année, alors que mes frères et sœurs ont opté pour des carrières libérales qui assurent des retraites dorées au soleil.

— J'ai pris des risques. Mes parents le savaient, ils voulaient me soutenir au maximum de leur capacité. Ils me l'ont toujours dit. Les autres ont pas besoin de leur argent. Leurs PEE-PERCO-machin-chouette sont déjà remplis à ras bord. Moi, je me demande chaque mois si je vais réussir à payer mon loft au centre-ville de Montréal.

Voilà. Je viens d'atteindre un nouveau creux dans la honte. Je révèle mes problèmes financiers à mon client. Quel manque de professionnalisme ! Mais à quoi bon ? Arnaud prévoit quitter notre agence de toute manière – et ce n'est certainement pas moi qui vais parvenir à l'en empêcher. Encore moins dans mon état.

— T'as déjà pensé à diviser la tarte en cinq ?

Je roule les yeux.

— Tu vas pas t'y mettre toi aussi ?

— Je veux dire… C'est juste du fric. T'as toute la vie pour en faire. On a qu'une seule famille.

— Tu comprends pas, Arnaud. C'est trop tard. Je peux pas me coucher, sinon je leur donne raison. Ma sœur Fanny va vraiment loin dans sa folie meurtrière. J'ai l'impression qu'elle m'a toujours haïe en secret, et qu'elle profite de la situation pour me le montrer. Elle a ligué les autres contre moi. Elle me traite comme une fille illégitime. Tout ça pour de l'argent qui m'appartient. C'est *elle* qui essaie de me voler. Pas l'inverse.

Je me rends soudain compte que j'ai haussé le ton, au point de crier. Pourtant, mon comportement ne crée pas une commotion dans le petit café. Les Français sont habitués.

— Bon, bien alors, envoie-la se faire foutre. Si tu dis qu'elle t'a toujours détestée, tu perds quoi au bout du compte ?

— Si tu l'entendais me parler au téléphone…

Il prend une gorgée dans sa tasse, l'air d'attendre une suite qui ne vient pas.

— Tu sais, ma relation avec mes frères et sœurs, c'est pas la gloire non plus.

— Ah bon ? dis-je sans le moindre intérêt.

Pour l'instant, j'ai trop mal pour me soucier de la souffrance des autres.

— Ce qui t'est arrivé après la mort de tes parents, je l'ai subi de leur vivant. Les miens souhaitaient que je perce dans le milieu. Ils m'ont payé le conservatoire, et ils m'ont soutenu financièrement à 100 % durant mes premiers pas en Amérique. Ça a dû leur coûter une fortune, je m'en cache pas. Mais regarde où ça m'a mené ? Mes frères et sœurs disaient rien au début, mais quand j'ai commencé à avoir du « succès » – appelons ça comme ça –, ils sont devenus jaloux. Eux, ils bossaient sur une chaise de neuf à cinq. Moi, je menais la « grosse vie », apparemment. Ils ont conclu que mes parents les négligeaient, alors qu'ils ont eux-mêmes choisi des jobs de fonctionnaires. Et souviens-toi qu'ils sont français. Si ta sœur gueule, imagine les miens.

— Tu leur parles encore ?

— Ah ! Elle est bonne, celle-là. Non. Ils sont restés en France, et j'ai pas l'intention de leur rendre visite. Ma vie est pas plus moche pour autant. Au contraire, je pense que c'est important d'écrémer son entourage. D'éliminer les relations toxiques, qu'elles viennent de la famille ou d'ailleurs. Quand c'est nocif, c'est nocif, et mieux vaut s'en éloigner.

J'ai presque envie de lui dire : « Et c'est pour ça que tu quittes le cinéma ? », car on pourrait indéniablement faire un parallèle avec cette situation.

— Donc, tu me conseilles de tenir mon bout ?

— Mes parents m'ont aidé financièrement de leur vivant. Les tiens l'ont fait après leur mort. Je vois pas quelle est la différence. Mes frères et sœurs souhaitaient avoir des vies rangées. Ils les ont eues. Pas besoin de parier gros là-dessus. Toi et moi, on a eu les couilles de prendre des risques dans le milieu artistique. Normal qu'on accepte les coups de pouce du genre. Si tes parents croyaient en tes talents, tu peux seulement te féliciter pour ça.

— Je suis dans le « milieu artistique », comme tu dis, mais j'ai pas vraiment réussi à être une artiste.

— Tu voulais en être une ?

— Bah. Dans le temps, peut-être.

— Tu voulais faire quoi ?

— C'est con.

Son sourire en coin revient visiter son visage.

— Mais allez… Dis.

Je tâtonne ma tasse, ne sachant pas si je dois répondre.

— Chanteuse ?

— Ah, la vache ! Non ?! Pour de vrai ?

— J'avais du talent. Je pense. Mais je me suis rendu compte que j'étais plus douée pour *booker* les spectacles des autres que les miens.

La serveuse passe derrière notre table. Arnaud lève le doigt et demande la facture. Une seule.

— Tu sais, Jade, il est jamais trop tard pour continuer, hein ? Tu imagines, avec l'héritage de tes parents ? Tu pourrais prendre une année sabbatique, peut-être deux, pour t'entraîner et faire le conservatoire. C'est un cadeau tombé du ciel.

— J'aime mon job. C'est ça, le truc. J'ai pas vraiment envie de refaire des auditions pour des comédies musicales, ou de m'inscrire à *The Voice* avec 10 000 autres compétiteurs.

Si j'aime mon emploi à ce point, il faudrait que je commence par remplir mon mandat, c'est-à-dire garder Arnaud dans l'écurie et aller chercher Olivier, peu importe mes opinions sur sa performance.

Mais je bloque. Impossible d'aborder le sujet. Comment pourrais-je gagner un débat centré sur l'avenir d'Arnaud ? On vient de parler d'écrémer les relations toxiques. Il trouve que le cinéma n'est pas un milieu où il peut s'épanouir artistiquement. Qui suis-je pour vouloir l'enchaîner à ce destin ? Il faut que je sois cohérente un minimum, non ?

Me reste Olivier.

Nous terminons nos tasses. Je le remercie pour la discussion. On se sépare à l'extérieur, en se disant qu'on devra se reprendre pour la crème glacée.

CHAPITRE 11

Je me glisse dans des toilettes publiques pour me refaire le visage. Étonnamment, mon mascara n'a pas coulé autant qu'à l'aéroport. Un peu de démaquillant, quelques retouches, et le tour est joué.

Arnaud a choisi de retourner sur le site du festival, m'ayant assuré qu'il avait payé pour son burger à la Brasserie Montmartre, après avoir remarqué mon état sur le trottoir. On s'est donné rendez-vous pour la projection du film *Les Saisons suspendues* à 13 h 30.

D'ici là, j'ai une mission à remplir.

Je sors des toilettes et je marche d'un pas rapide vers la brasserie, en me fiant à Google Maps pour retracer mon chemin à travers le vieux Paris ; durant l'aller, j'étais tellement perplexe que j'ai oublié de chercher des repères pour m'orienter.

Olivier et sa bande ne doivent pas avoir terminé leur déjeuner.

Quand je rentre, l'ambiance est beaucoup plus calme qu'à mon départ. La longue table réservée par l'équipe de *La Quittance des corbeaux* est maintenant vide – à part pour les verres souillés et les vieux napperons.

— Merde, que je grogne entre mes dents.

J'ai raté une chance en or de le recruter. Mais ça aurait été difficile de lui parler, au milieu de son groupe. J'aurai l'occasion de me reprendre.

Je m'apprête à tourner les talons quand je remarque sur la table une paire de lunettes fumées, et pas n'importe lesquelles : des Gucci qui doivent valoir 500 dollars.

Et elles sont placées exactement à l'endroit où…

J'entends la porte des toilettes s'ouvrir, et apparaît alors au bout du couloir une Chloé Beaudet qui marche, la tête basse. Pourquoi est-elle seule ? Ne l'a-t-on pas attendue après le repas ?

Je détecte une rougeur sur son visage, comme si une colère sourde grondait en elle.

L'envie de tourner les talons me saisit aussitôt.

— Les autres sont partis ? dis-je le plus innocemment du monde, tout de même curieuse de savoir pourquoi on l'a laissée derrière.

Elle agrippe ses lunettes, presque avec violence. Et tout à coup, la vérité me frappe.

A-t-elle appris pour hier ?

Si c'est le cas, je préfère quand même la confronter plutôt que prendre la poudre d'escampette. Je lui expliquerais que je lui ai rendu la monnaie de sa pièce, pour l'humiliation qu'elle m'a fait subir autrefois. Je suis combative, moi aussi. Quand on envahit mon territoire, il faut s'attendre à une riposte, même bien des années plus tard. Après tout, la revanche est un plat qui se mange froid.

— Ouais, on dirait, me répond-elle d'une voix tranchante.

— T'as pas l'air dans ton assiette. Je peux t'aider ?

Aussi bien lui faire cracher le morceau. J'aime mieux extraire le pus de la plaie que d'attendre que l'infection se répande partout. Chloé est insidieuse. Elle pourrait s'arranger pour saboter ma carrière.

Elle s'avance vers moi et, au lieu de me gifler, elle sort un paquet de cigarettes et m'en tend une. Je refuse poliment, mais parviens quand même à interpréter le geste comme une invitation à marcher à ses côtés. Cette fille a du venin à cracher ; elle ne m'aurait jamais offert une cigarette si j'étais la source de sa colère. La commère en moi ne peut résister à l'appel.

Sur le trottoir, nous prenons le chemin du festival. Chloé s'allume et souffle sa fumée sur le côté, évitant que le vent lui renvoie sa décharge grise au visage.

— Ça a l'air cool d'accompagner un gars comme Arnaud. T'es pas sa blonde, hein ?

— *Nope.*

— C'est ça que je pensais, me répond Chloé. T'es son agente. Relations professionnelles pis toute.

« Pis toute ». Son accent est beaucoup plus québécois qu'hier. Elle a quelque chose sur le bout de la langue, c'est certain. Elle prend une autre touche de sa cigarette.

— Il s'est passé quelque chose entre toi et Olivier? osé-je enfin lui demander.

Elle lâche un petit rire rempli de sarcasme.

— Oui et non. En fait, il se passe plus rien et c'est ça le problème. Depuis qu'on est ici, c'est comme si j'étais la femme invisible. Et de l'entendre se la péter avec son équipe… Mon Diiiieu! Je sais pas si t'as vu le même film que moi, tout à l'heure?

— T'as pas trouvé ça terrible, toi non plus?

— C'est pas peu dire.

Elle souffle sa fumée, cette fois de l'autre côté, évitant de m'en envoyer au visage.

— Olivier se prend vraiment pour une star. Il est là…

Elle place sa main au niveau de sa poitrine.

— … mais il se voit ici.

Sa main monte vers le ciel. Étrange qu'elle ose juger son conjoint sur son ego. N'a-t-elle pas passé la soirée d'hier à ennuyer l'assemblée avec son mini-album enregistré avec Nicky Rivage ? N'est-elle pas ainsi depuis la fin de nos études ?

Fréquenter Olivier n'a pas dû l'aider, lui qui étale ses succès devant chaque personne qu'il croise, comme si c'était sa religion. Dans la courte conversation que nous avons eue, il a voulu m'impressionner avec son cellier, ses rénovations et son expertise dans les vins. Et moi, j'ai gobé l'hameçon comme une débutante.

Je m'éclaircis la gorge.

— Si tu me dis ça, j'imagine que votre relation vole pas haut.

— Lui, il voit rien. Je te l'ai dit, je suis la femme invisible. C'était comme ça au cocktail d'hier, et là, ça continue. Compare son comportement avec celui d'Arnaud. T'es sortie trop longtemps de la brasserie, il s'inquiétait, il a payé vos deux factures et il est parti te chercher. Crois-tu qu'Olivier en aurait fait autant pour moi ? Pff !

On s'arrête à une intersection, attendant le feu pour traverser.

— En plus, je suis sûre qu'il me trompe. Il doit découcher. J'ai deux ou trois suspectes. Je savais que c'était un gars comme ça. On a commencé à se fréquenter en cachette. Je pensais pouvoir le changer.

Suis-je sur cette liste ? Évidemment, je n'ose pas le demander.

Je reste muette devant son désarroi.

— Il est sur le marché des célibataires, Arnaud ? s'interroge-t-elle, le regard fixé vers l'avant.

— T'en es déjà là dans ton cheminement ?

Le feu vert nous permet d'avancer. Chloé prend les devants. Ses escarpins claquent fort sur l'asphalte.

— Je m'informe, c'est tout. Je veux juste pas répéter les erreurs du passé.

Elle termine sa cigarette, laisse tomber son mégot au centre de la voie publique, puis ajoute :

— Me semble que ça me changerait, un gars avec un minimum d'authenticité.

CHAPITRE 12

Je dois me rendre à la salle 15. En chemin, je m'arrête au comptoir à friandises et je prends deux sacs de pop-corn, sans oublier l'extra-beurre. Arnaud m'a peut-être arnaqué de 20 euros tout à l'heure, sauf qu'il a quand même payé mon repas et la première collation. Je marche dans les couloirs en suivant le mouvement de la masse de cinéphiles qui s'apprêtent à visionner *Les Saisons suspendues*, qu'on présente en primeur dans la totalité des salles de l'établissement.

Lorsque j'atteins mon siège réservé, je suis surprise de voir un Arnaud qui m'attend avec, lui aussi, deux sacs de pop-corn.

— T'as bien appris ta leçon, qu'il me dit avec une belle légèreté.

— Et moi qui voulais te faire un cadeau.

— Je peux te donner la liste des bagnoles qui m'intéressent, si tu y tiens.

Je pouffe de rire. La pression commence à descendre. J'arrive à ne plus penser à Fanny ni à mes autres frères et sœurs qui complotent contre moi, de manière purement déloyale, dès que je me trouve à l'étranger. Comme l'a suggéré Arnaud, qu'ils aillent au diable. Je suis au Festival Lumières des Arts. Je suis là pour m'abreuver de films d'exception, et ma soif n'a pas été étanchée.

— T'as manqué le charmant petit discours de mon réalisateur à l'assemblée. Tu veux que je te fasse un topo ?

— Mange ton pop-corn au lieu de dire des conneries.

L'éclairage se tamise, et je croque dans mon maïs soufflé, tout en coinçant mes deux paquets entre mes cuisses.

Commence alors le film *Les Saisons suspendues*, qu'on verra bientôt dans les cinémas partout dans le monde.

Le long-métrage est évidemment présenté en version originale anglaise, avec sous-titres. Il met en scène le personnage de Charles Bouvet, joué par Arnaud, qui apparaît comme un prestigieux réparateur de montres, doté d'un talent qui se transmet de père en fils. L'histoire se déroule à la fin du XIXe siècle, avec une esthétique de cuivre qui s'allie aux habits sophistiqués, sans tomber dans les clichés du *steampunk*.

Dans cette histoire, la vie de Charles bascule au moment où une femme énigmatique nommée Julia

Middleton entre dans son atelier. Ce rôle féminin est tenu par Sarah Melville, une actrice française d'une beauté sidérale, capable d'imiter l'anglais britannique à la perfection. Serait-ce encore une *Manic Pixie Dream Girl* dans un nouveau décor ? On est loin des robes à pois, quand même. Et Arnaud n'aurait jamais attaqué le cliché si son film en était gangréné.

Au premier acte, Julia présente une montre antique à Charles, et lui demande de la réparer dans le plus grand secret. Cette montre ne serait pas comme les autres : elle aurait le don inhabituel d'arrêter le temps.

Captivé par la beauté exotique de Julia, Charles se plonge dans son travail avec un zèle obsessionnel. À mesure que les deux personnages se côtoient, une tendresse douce mais profonde se développe. Les nouveaux amoureux découvrent les effets troublants qu'a la montre sur eux, instrument qui leur permet de vivre leur passion dans les lieux les plus incongrus.

Pourtant tout n'est pas rose : l'impossibilité de partager un tel secret avec quiconque crée un sentiment croissant d'isolement, d'autant plus pénible à surmonter quand Julia souffre mystérieusement chaque fois qu'elle utilise la montre. Le duo ne peut s'empêcher de recourir à ces bulles intemporelles, mais chacun de ces instants volés vient avec un prix à payer : manipuler la trame du temps a non seulement des conséquences graves sur le couple, mais peut-être même sur leur existence propre, voire sur l'horloge du monde. Julia est vouée à disparaître comme une poussière balayée par le vent.

Je suis au bout de mon siège.

Au dernier acte, les amoureux comprennent qu'ils se rencontrent pour la dernière fois, ayant découvert le destin tragique qui attend Julia. L'ambiance se réchauffe. Julia abandonne son peignoir devant un Charles déchiré entre la passion et les larmes. Elle se blottit contre son amant, l'embrasse comme si elle voulait se fondre en lui, le déshabille, sachant qu'elle pourrait se volatiliser d'un moment à l'autre sans prévenir. Chaque seconde doit être savourée. Ses mains explorent Charles. Leurs souffles se saccadent.

Je redeviens soudain consciente de moi-même. J'avale une poignée de pop-corn. Mon Dieu que ce doit être gênant ! Arnaud va bientôt apparaître complètement nu à l'écran, devant l'assistance. Je me sens rougir par empathie.

Les vêtements du personnage tombent ; le véritable Arnaud n'a aucune réaction. Il gobe son maïs. Pourtant, on l'admire dans son costume d'Adam de la tête aux pieds, comme on le voit si rarement dans une production hollywoodienne. Je m'enfonce dans mon siège. J'ignore si c'est la faute des éclairages ou de quelconques effets spéciaux : j'ai toujours su que le physique d'Arnaud était découpé au ciseau pour les besoins de son métier, mais là, à l'écran, il se dresse, flamboyant, splendide, parfait comme une sculpture de la Renaissance. Dans son regard brillent les braises du désir, ça perce l'image. Plus aucun bruit dans la salle. Charles agrippe Julia, le dévore sous chacun de ses angles, alors que le dos de la belle ruisselle, et que ses bras tremblent. J'admire, je jalouse. Arnaud embrasse Julia, la pénètre hors-champ, et moi, gênée, je fixe la scène, ma culotte déjà humide. Ça chauffe. À chaque coup de bassin donné par Arnaud, les yeux de Julia se révulsent, elle se noie dans son amant. Je griffe mes accoudoirs…

Mais voilà.

Deux secondes plus tard, la douce disparaît sans dire au revoir.

Charles se retrouve seul, dans la chambre figée, la montre traînant sur la commode. Sans tics et sans tacs. Et la salle de cinéma se liquéfie.

CHAPITRE 13

Suivant les poignées de main protocolaires et le raz-de-marée de congratulations provenant de toutes les directions, Arnaud et moi nous sommes éclipsés du cocktail d'après-match, sans manquer d'emporter un verre de vin chacun. Sarah Melville, qui se trouvait aussi dans notre salle de projection, a bien monopolisé l'attention des journalistes des magazines culturels. Le milieu sait qu'Arnaud n'est pas friand d'entrevues, et ici, on semble respecter son besoin de recul devant le grand tapage médiatique.

Si j'acceptais de jouer mon rôle d'agente pure et dure, je le pousserais devant les caméras et l'obligerais à faire son travail. Mais mon envie de le chaperonner s'est éteinte.

Son film m'a chavirée. Mais d'autres curiosités m'animent quand je lui demande :

— T'étais pas gêné une seconde ?

— Ha ha ! Non, moi, je pensais seulement aux conneries que nous disait le directeur photo pour détendre l'atmosphère.

— Ouf, t'es courageux. Je serais allée me cacher dans les toilettes.

Il observe le vin dans le verre, puis en goûte une gorgée. Il semble l'aimer.

— Comment t'as trouvé ça ?

— Arnaud, t'es le roi de l'écran. C'est sûr que ton film va rafler tous les prix demain.

Mon commentaire semble lui laisser une impression douce-amère. « Roi de l'écran ». Je n'ai pas choisi ces mots au hasard.

Il trempe encore ses lèvres dans le vin, et je remarque qu'il fait tourner le liquide dans sa bouche.

— Ouais, Jade, dit-il après un instant d'hésitation. Il faut que je te dise quelque chose…

— Tu veux quitter le monde du cinéma. Je suis au courant.

Ses yeux s'agrandissent. Ma réponse le prend de court. Il dépose son verre sur la petite table circulaire devant laquelle nous nous tenons.

— T'as appris ça où ?

— Jimmy Corn…

— Jimmy Corneau du Rideau Vert. Bien sûr. Ah, la vache, j'aurais dû fermer ma grande gueule dans les loges.

De forts éclats de rire retentissent à l'arrière, mais rien n'arrive à nous distraire. Mon cœur se débat dans ma poitrine. Je me retrouve devant la raison qui justifie ma traversée de l'Atlantique à destination du Festival Lumière des Arts.

— Donc, c'est vrai ? insisté-je.

— Écoute, Jade. J'en ai marre de toutes ces conneries. Tu m'as entendu à la table ronde, ce matin. La promo. Les budgets. La rentabilité. L'impératif de plaire au plus petit commun dénominateur. Le milieu du cinéma est souillé par le fric, enfoncé dans cette merde jusqu'au cou. Moi, j'ai besoin d'oxygène pour vivre. Et dans ce milieu-là, les flammes du profit bouffent tout l'air que tu peux respirer. C'est pas sain.

— Mais tu t'es vu à l'écran ? *Les Saisons suspendues*, c'est pas le genre de film qui va plaire au « plus petit commun dénominateur ». C'est du génie. J'ai jamais vu ça.

Il ne répond rien, se contentant de jouer avec la base de son verre.

— T'avais pas du plaisir avec ton directeur photo ? Tu t'éclates durant les tournages, non ?

— Jade…

— Je veux pas ramener l'argument du fric qu'Olivier t'a servi, mais avoue-le : tu te démarques dans le milieu, ton étoile commence juste à monter.

— Jade, ma décision est prise.

Un tic déforme son visage et trahit sa nervosité, tandis que je demeure tétanisée devant sa détermination à vouloir divorcer avec le succès.

— J'ai déjà réservé mon billet d'avion pour 2 h du matin, m'apprend-il. Je pars cette nuit. Je désirais respecter mes derniers engagements. J'ai vu mon film. J'ai serré les mains. On est nominé pour Meilleur film, pas pour Meilleur acteur alors si on devait gagner, c'est le réalisateur qui va monter sur le podium. J'ai plus rien à voir avec ce cirque.

J'ignore toujours comment réagir. Quelque chose en moi se brise. Mon patron a bien appuyé sur l'importance d'accomplir ma mission avant mon voyage : « Arnaud, c'est notre plus gros *moneymaker*. S'il part, ça va être une catastrophe pour l'agence. » Plus personne ne va me prendre au sérieux. Arnaud est ma plus belle acquisition. Si je l'échappe, ça va brasser, et comme les finances de l'entreprise sont serrées, je cours le risque de me faire remercier pour mes loyaux services au terme de ces turbulences.

Mais il n'y a pas que ça.

Malgré ce que je savais de lui, jamais je n'avais envisagé qu'Arnaud puisse être aussi attaché à sa décision. J'ai toujours cru que le ramener dans le droit chemin serait un jeu d'enfant. Ça fait cinq ans qu'il est avec nous. Cinq ans que je le fréquente. Cinq ans que je m'efforce d'éponger ses bêtises. Son côté girouette, je le connais.

Là, il partirait, il retournerait au théâtre, et je ne le reverrais plus jamais ?

— Désolé, poursuit-il. J'aurais aimé que ça se passe autrement. Mais je me noie. Et je dois remonter à la surface pour respirer.

Il se lève, dépose une main conciliante sur mon épaule. Je souhaiterais lui agripper le bras pour le retenir, mais je n'en ai pas la force, mon silence parle à ma place, à travers mon regard qui semble crier : « Ta décision est prise. Va-t'en donc. »

Et du même pas, il s'en va.

CHAPITRE 14

Je passe le reste de l'après-midi à regarder des films nominés sans vraiment les écouter. Le pop-corn extra-beurre finit par me monter à la gorge, je me contente d'occuper mon siège, de garder les yeux fixés à l'écran.

Rien ne m'atteint.

Me sentant comme une joueuse d'échecs venant de perdre son roi, j'essaie de m'accrocher à cette compétition en butinant d'une conversation à l'autre, que ce soit à l'orée des salles de cinéma ou de celles réservées au réseautage. Mais le cœur n'y est plus. La source de ma verve s'est tarie.

Je garde l'espoir de mettre le grappin sur Olivier Renard, qui demeure mon ultime bouée de sauvetage. Si j'arrive à ramener cette prise à Montréal, j'aurai ça de gagné, non ? Mon voyage payé par l'entreprise n'aura pas servi à rien. Bon, on perdrait notre fameuse « vache à lait », pour emprunter les mots de mon patron, mais au moins on pourrait gérer la carrière d'un acteur avec une véritable gueule de gentleman et, surtout, qui a de l'ambition à revendre. Lui, il veut grimper au sommet. Lui, il vise les étoiles. Aucun risque qu'il me joue un sale coup comme Arnaud, alors que le monde est à ses pieds.

Je profite du vin gratuit. J'espionne Chloé, qui accompagne Olivier davantage pour maintenir les apparences que par réel sentiment. Ce feu-là ne brûlera pas longtemps.

Je l'avoue : l'envie de refaire un « tour de manège » avec Olivier m'est passée par l'esprit. Le voir sans vêtements me changerait les idées, assurément, et tout indique que Chloé s'en foutrait. Mieux, ça lui donnerait une raison pour larguer son homme. Et j'ai maintenant une occasion en or de mettre en branle un plan de séduction, car la bande de *La Quittance des corbeaux* s'en va célébrer la fin de journée au Cabaret La Grenade – en l'honneur du fruit, pas de l'arme – où un jeune DJ promet de nous marteler les tympans avec les derniers *hits* du moment. Chloé n'a même pas daigné nous suivre, frustrée par son homme.

Comme si la gardienne des clés me laissait le champ libre. Et Olivier s'empresse de mordre.

Une fois dans le bar, il est le premier à me payer un verre.

— C'est quoi ton poison, ce soir ?

En temps normal, j'essaie d'exprimer mon raffinement en optant pour des boissons extravagantes, mais là, je me contente d'un rhum coca. Lui, il reste à la bière. On se trémousse pendant une demi-heure sur la piste de danse. Moi, sans envie. Olivier ne détecte rien de mon désarroi. Il réduit la distance entre nous, ses mains se baladent sur mes hanches. Il m'entraîne dans un coin mal éclairé, et pendant que les haut-parleurs crachent le remix indigeste d'une chanson des années 1980, il tente de coller ses lèvres contre les miennes. Je décroche. Je suis incapable de laisser le désir de la veille me posséder. Si Arnaud est physiquement absent, il habite mon esprit.

J'esquive le geste malhabile, et mes pieds me guident vers la sortie, où la nuit m'enveloppe de son écharpe de fraîcheur.

Je grelotte. J'ignore où me réfugier. Olivier peut bien aller où je pense. Si j'obtiens sa signature sur un contrat, qu'arrivera-t-il ensuite ? Les producteurs risquent de le réquisitionner pour des films génériques, sans saveur, là où un acteur français doit boucher un trou. *La Quittance des corbeaux* est un bug dans le système. Ce film n'aurait jamais dû se retrouver en nomination au festival. Ça sent la magouille et la connivence à plein nez.

Et que dire de ses futurs scandales amoureux, qui feront le bonheur des revues à potins?

Arnaud nous infligeait son lot de problèmes dans la sphère des relations publiques, mais au moins, avec lui, le talent plaidait en sa faveur.

Son dernier long-métrage me submerge encore... J'ai à peine les mots pour le décrire. Tout comme ma journée qui s'achève. Les films, le pop-corn, l'appel de ma sœur, moi qui m'effondre, le café en tête-à-tête...

Les paroles de Chloé à propos d'Arnaud me reviennent en tête.

Elle l'a lu avec justesse, sans réellement le connaître. L'authenticité émane d'Arnaud comme les bons arômes se dégagent des grands crus. Car elle a raison sur toute la ligne: Arnaud, il est vrai. Authentique. Et c'est ainsi que je me suis sentie aujourd'hui. Sans parure, libérée, et ça m'a fait un bien fou.

Je regarde ma montre, vacillante, légèrement atteinte par l'alcool. Minuit et quart. Est-ce qu'Arnaud se trouve encore dans notre chambre, ou bien à l'aéroport, dans l'attente de son vol? Quand nous nous sommes rencontrés à Montréal, il m'a assuré ne pas être du genre à arriver trois heures à l'avance aux douanes, comme la plupart des gens. Il est même apparu à la dernière minute devant sa porte d'embarquement, quand je ramassais le contenu de mon sac à main éparpillé au sol.

Si je rentre à ma chambre, là, maintenant, réussirai-je à le voir une dernière fois ? Pourrais-je lui proposer de l'accompagner à l'aéroport ? Un simple tour de bagnole, avec lui. Ça me ferait du bien. Sa seule présence me ferait du bien.

J'ai à peine cette pensée que je me retrouve déjà dans un taxi, en direction de l'Hôtel des Seigneuries.

CHAPITRE 15

La pluie gratte les fenêtres pendant que je suggère, encore une fois, à mon chauffeur d'enfoncer l'accélérateur. Le trafic se densifie dans les rues labyrinthiques. À croire que le destin se joue de moi. Il est quand même plus de minuit. C'est quoi, ça ? Pourquoi tout le monde a choisi de faire une balade en voiture à une heure incongrue, quand la visibilité est désastreuse ?

Hôtel des Seigneuries. Dès que j'aperçois l'enseigne, ma main se tient prête à ouvrir la portière. Le taximètre indique 15 euros. J'en laisse 20 au chauffeur. Je cours dans le hall, j'enfonce à répétition le bouton de l'ascenseur qui n'arrive pas, alors je m'engage dans la cage d'escalier, je monte les marches deux à deux, m'appuyant sur les rambardes, encore déséquilibrée par les rhum coca.

Au sixième étage, j'ouvre la porte qui va cogner contre le mur – désolée aux personnes qui dorment – et je me rue vers le 608. Je cherche ma clé magnétique dans ma sacoche et, puisque mes mains tremblent, je passe à deux doigts de répandre le contenu de mon sac, comme à l'aéroport. Je trouve enfin la satanée carte. L'extrais. La place sur le lecteur. La lumière verte allume, et le loquet se rétracte.

J'entre.

Dans une chambre vide.

Le lit est fait. La muraille de serviettes qui nous séparait s'est volatilisée, sans doute ramassée par un préposé cet après-midi, durant notre absence.

La valise d'Arnaud a disparu. De même que toute trace de son passage.

Ne reste que mon reflet dans la fenêtre.

Une boule me monte à la gorge. Un grand sentiment de vacuité m'oppresse. J'ai envie de m'effondrer. De recommencer à zéro. De tout balancer. Exactement comme Arnaud s'apprête à le faire avec Hollywood.

Au fait, qu'est-ce qui m'en empêche ?

Pourquoi n'aurais-je pas droit, moi aussi, d'éliminer la toxicité dans ma vie ?

Je pourrais laisser gagner mes frères et sœurs et leur dire de se gaver de ma part d'héritage. Rénovez-les, vos piscines. Achetez-les, vos bagnoles de luxe. Je m'en fous. Quant à mon emploi, je l'aime bien, mais en m'engageant comme agente, j'ai tourné le dos à mon grand rêve de devenir chanteuse. Et avec mon double échec de ce week-end, la suite s'augure mal, je risque de me retrouver à la porte… Mais qu'importe ? Je suis forte. Je peux recommencer. Arnaud revient au théâtre. Qu'est-ce qui m'empêche de rouler les dés comme lui et de dépoussiérer mes vieilles ambitions artistiques ?

J'ai le nez collé à la fenêtre.

Mon regard descend vers le bas. Vers la route et la façade de l'établissement.

Un mec attend sur le bord du chemin, flanqué par sa valise. La lumière du lampadaire reluit sur ses cheveux en bataille, que la pluie s'acharne à rabattre.

Je plisse les yeux.

Se peut-il que… ?

Merde, c'est lui. C'est Arnaud. J'ai dû rentrer dans l'hôtel sans le remarquer, trop pressée de franchir les portes vitrées. Ou bien il a pris l'ascenseur pendant que je montais l'escalier.

Peu importe. Si je pars maintenant, j'ai une chance de le rattraper.

Je quitte ma chambre et fonce dans le couloir. Comme une sprinteuse, je descends les marches métalliques en répandant un vacarme du tonnerre à chaque étage. Rez-de-chaussée. Je cours dans le hall d'entrée sous le regard étonné des employés de la réception.

Les portes coulissantes automatiques ne s'écartant pas assez vite, j'emprunte la sortie manuelle et je fais claquer le battant sur ses gonds. Mes escarpins glissent sur l'asphalte mouillé. Je me rue vers le taxi qui a ouvert son coffre. C'est bel et bien Arnaud, il termine d'y placer ses bagages.

— Arnaud !

Soudain, le ciel crève, un orage éclate, le tonnerre étouffe ma voix. Je redouble de vitesse. Mes cheveux orange se trempent à vue d'œil.

— ARNAUD !

Mon ancien protégé contourne le véhicule, la tempête l'oblige à presser le pas. Il pose sa main sur la poignée. Son geste s'interrompt cependant. Il tourne la tête dans ma direction. Il m'a probablement aperçue sans savoir qui je suis. Son regard essaie de transpercer le rideau de pluie.

— Jade ?

— Arnaud ! Attends-moi !

Arrivée devant lui, je perds pied et le percute de plein fouet : ses bras me retiennent et m'empêchent de m'effondrer dans une flaque d'eau. Je m'accroche à sa veste. Mon ivresse s'est dissipée en bonne partie, mais mon équilibre s'en remet toujours.

— T'es con de partir !

Je m'agrippe plus fermement à lui.

— T'as le droit de détester le cinéma et de haïr le milieu. T'as le droit de vouloir retourner au théâtre. Ta place est sur une scène. Je l'ai compris. L'argent, on s'en fout. Je m'en fous. T'entends ? On s'en balance ! Mais ce que t'as pas le droit de faire, c'est d'abandonner ta bande avant la remise des prix ! Tu peux pas t'en aller comme ça. Et surtout… et surtout…

Il aurait pu me repousser, il aurait pu se dépêcher d'entrer dans le taxi et se mettre à l'abri, mais ses bras continuent de m'accueillir et de me retenir.

— … j'veux pas que tu partes.

Il me plante sur mes pieds. Moi, je ne perds pas une seconde, au contraire, je me rapproche, toute tendue vers lui.

— Je comprends, Jade. Ta carrière dépend de la mienne…

Mes yeux s'ancrent dans les siens, et mon cœur explose. Soudain, nous sommes les personnages du film *Les Saisons suspendues*. La montre poursuit son tic-tac. Je vais disparaître, et mon corps ne cherche qu'à s'accrocher à l'autre.

— On s'en fout, de ma carrière ! C'est toi. T'as pas rempli ta part du marché. Tu prends un billet d'avion, alors que tu me dois encore une bouchée de crème glacée.

Ses mains trouvent le chemin de mes hanches ; mon corps n'attendait que ce signal. Je hausse le menton, et ses lèvres se collent contre les miennes. Je me hisse sur la pointe des pieds, je passe mes bras autour de son cou comme si je voulais me fusionner à lui. Tandis qu'il resserre son emprise sur ma taille, je bondis d'instinct et mes jambes s'accrochent à lui. Enfin, un peu déséquilibré, ivre de désir, il s'appuie contre le véhicule, et nos lèvres refusent de se séparer. Je plonge mes doigts dans ses cheveux, ses maudits cheveux en bataille et tout mouillés qu'aucun peigne ne peut dompter. Je sens la pluie glisser sur nos visages, ses mains me retiennent, je le serre plus fort.

Le chauffeur comprend que sa course est annulée. Il redonne les bagages à son client, et nous nous rendons ensemble à la chambre 608, que je déverrouille grâce à la carte magnétique oubliée dans ma poche. Arnaud et moi nous affaissons sur le lit, cette fois sans cette stupide barrière de serviettes. Nos vêtements trempent les draps. Je repousse Arnaud, juste assez pour accéder à ses boutons de chemise, et je les défais un à un, maladroitement, trop empressée. Je révèle son torse aux muscles saillants, encore plus beau qu'à l'écran : mes doigts s'y aimantent. Arnaud ôte sa chemise et la balance tel un torchon sur le bureau.

Je mords son épaule, doucement, pendant qu'une explosion de papillons m'envahit le ventre. Il enlève ma blouse trempée, soulève mon débardeur et me soulage de mon soutien-gorge. Je réchauffe ma poitrine contre la sienne, pose mes mains sur ses joues rasées à la perfection et l'embrasse avec fougue, je le pousse sur le matelas, dénoue sa boucle de ceinture et, avant que je puisse retirer son pantalon, ses mains vigoureuses me saisissent et il me renverse sur le lit. Il s'approprie la place du dessus.

C'est maintenant lui qui enlève ma ceinture. Qui déboutonne mon pantalon. Qui le fait glisser le long de mes cuisses.

Il ne prend pas la peine d'ôter ma culotte noire, l'écarte doucement, et conquiert mon sexe aux lèvres gonflées avec sa langue : la nuée de papillons s'étend jusqu'à mes seins, mes doigts s'agrippent à sa chevelure folle, et je hausse les hanches, l'invitant à me lécher en profondeur. Sa langue répond, je la sens qui entre. Le désir pulse entre mes jambes. J'attrape ses cheveux à pleine poignée, les tire, sa bouche continue de m'explorer, et là, je n'en peux plus. Je me redresse. J'empoigne les rebords de son pantalon et les rabats vers ses genoux, entraînant son boxer dans le mouvement. Son sexe monte contre ma cuisse, je veux l'accueillir, je veux qu'il s'immisce en moi, je veux sentir Arnaud partout sur mon corps et surtout à l'intérieur. À peine ma main a-t-elle saisi son membre qu'il me repousse contre l'oreiller, me libère de mes propres sous-vêtements, se colle contre ma peau froide, que la chair de poule hérisse encore.

Il me pénètre peu à peu, s'aventurant d'abord derrière mes frontières les plus intimes, puis poussant pour conquérir chaque centimètre de moi, et je tremble, je serre mes cuisses autour de ses hanches, et avec mes mollets, je l'attire en moi, plus profondément, jusqu'au point où je sens la peau duveteuse de son pubis contre mes lèvres. Il comprend mon désir, s'y connecte, soulève mon bassin et m'offre une cadence qui m'envahit et me secoue en entier. Un cri fuit de ma bouche, je perds le contrôle, je veux qu'Arnaud me possède pour toujours. Son visage redescend pour m'embrasser alors qu'il joue du bassin, faisant entrer son membre gonflé dans mon domaine, encore et encore. Je ferme les yeux, m'abandonnant au plaisir, quand ma gorge multiplie les gémissements. Mon entrejambe surchauffe. L'orgasme se rapproche. Je retourne Arnaud, me plaque contre lui, le chevauche avec une valse du bassin. Ses grandes mains palpent mes seins, dont les pointes durcies se souviennent de la pluie. Il les masse avec fougue, et je le vois grimacer d'extase, je sens qu'il s'efforce d'empêcher ses ongles de percer ma peau. Il se raidit davantage, j'accélère le rythme de l'ondulation de mes hanches pendant que mes cheveux mouillés vacillent devant mes épaules, et sa première impulsion de jouissance allume une étincelle, non un brasier, le bas de mon ventre brûle, je brûle, je crie, je jouis, je disparais de l'existence, Arnaud me remplit, je griffe, je perds mon souffle, mon amant plante ses mains dans mes cuisses, il tire sur mes jambes, m'oblige à poursuivre le mouvement, m'empêchant d'atterrir, me ramenant dans l'éther dans une deuxième salve de volupté.

Je reprends mon souffle. Je m'effondre. Je respire. Je suis encore vivante.

Mon corps se laisse choir à côté d'Arnaud, dans les draps humides. Je caresse son torse, toujours fascinée par la dureté de ses muscles et l'angle galbé de son menton.

— Je pense que tu vas manquer ton avion.

Il pouffe de rire.

— J'espère que tu vas m'aider à écrire mon discours.

CHAPITRE 16

Le dimanche soir, nous sommes installés dans l'amphithéâtre pour la cérémonie de remise des prix. Arnaud porte encore un de ses « affreux » nœuds papillon. Nous avons visionné durant le reste de la journée pas moins d'une demi-douzaine de films, assez pour en frôler l'indigestion. On a grand espoir que *Les Saisons suspendues* remporte les honneurs, même si d'autres titres sont pressentis pour la première position. La fébrilité vibre dans l'air.

L'équipe de production du film *Les Saisons suspendues* remplit la rangée juste devant moi, mais Arnaud a préféré abandonner son groupe pour occuper la place vacante à ma droite. Je ferme mon portable. Honte à moi, j'ai passé une partie de la journée à chercher des cours de chant à proximité de Montréal, et je crois avoir trouvé quelques coachs avec un fort potentiel. Fanny a essayé de me joindre cet après-midi, mais je n'ai pas décroché, non sans ressentir un pincement au cœur. J'accueille son animosité comme je le peux. Lorsque je serai de retour, j'irai officiellement renoncer à mon héritage devant le notaire, et je verrai, à ce moment, où ira l'allégeance du reste de la famille. Dans tous les cas, il est temps pour moi d'avancer, et de suivre mes passions.

Le présentateur revient au micro.

— Et pour le Laurier d'Or du Meilleur film, les nominés sont *Moi, Baudelaire*…

L'assistance envoie une salve d'applaudissements alors qu'on projette une image du long-métrage.

— … *L'endosse des entremetteuses*…

Encore des applaudissements. Je sens mes paumes devenir moites.

— … et *Les Saisons suspendues*.

Mon cœur s'emballe. Je serre la main d'Arnaud.

— Et le gagnant est…

Le titre du vainqueur est clamé haut et fort. Ivre de triomphe, transportée de fierté, toute l'équipe du film *Les Saisons suspendues* se lève d'un bond. Seul Arnaud le fait lentement, posément. Mais avant, il prend le temps de rajuster son nœud papillon. Il sourit, me lance une œillade complice. Visiblement, il est fin prêt à terminer un chapitre de sa vie en beauté.

REMERCIEMENTS

Une romance signée par Dominic Bellavance. Qui l'eût cru ?

J'ai souvent clamé haut et fort qu'il serait plus probable qu'on me reconnaisse en train de mimer les grands ballets soviétiques sur une chaîne nationale que d'écrire un livre rempli d'embrassades, de cœurs et de papillons. Mais bon. Les *brainstorms* dans les Airbnb d'Edmundston peuvent nous mener dans des contrées insoupçonnées.

Un énorme merci à Josée et à Marianne qui m'ont vu m'arracher les cheveux, patiemment, avec un sourire en coin. Merci également aux amis qui n'ont pas cessé d'exiger des preuves tangibles lorsque je murmurais les grandes lignes du projet impensable.

Merci à Simon Rousseau d'avoir ricané moins fort que prévu lors de la présentation de mon deuxième synopsis, après le choc initial d'une première idée qui s'est butée à une fin de non-recevoir. (Je suis normalement un auteur d'horreur et de *thrillers*, alors…)

Merci à Véronique Marcotte pour l'organisation de sa résidence d'écriture au studio B-12, où j'ai pu mettre la touche finale à cette histoire.

Une révérence toute spéciale aux autres auteurs de la collection « Fantasmes ». C'est stimulant de s'entourer de tels cerveaux en ébullition.

J'adresse enfin une pensée complice aux lecteurs et lectrices intrépides s'aventurant ici malgré les signaux contradictoires. Merci de me suivre dans mes folies.

DANS LA MÊME COLLECTION

Composition : Soft Office

IMPRIM'VERT®

PEFC
10-31-3532

Achevé d'imprimer en décembre 2024
par Sepec Numérique – 01960 Péronnas
N° d'imprimeur : N27305241104 - Dépôt légal : décembre 2024